SAN VALENTINO STREGATO

COLLEEN CROSS

Traduzione di
LAURA LUCARDINI

ALTRI ROMANZI DI COLLEEN CROSS

Trovate gli ultimi romanzi di Colleen su www.colleencross.com

Newsletter: http://eepurl.com/c0jCIr

I misteri delle streghe di Westwick

Caccia alle Streghe

Il colpo delle streghi

La notte delle streghe

I doni delle streghe

Brindisi con le streghe

San Valentino stregato

I Thriller di Katerina Carter

Strategia d'Uscita

Teoria dei Giochi

Il Lusso della Morte

Acque torbide

Con le Mani nel Sacco – un racconto

Blue Moon

Per le ultime pubblicazioni di Colleen Cross: www.colleencross.com

Newsletter:

http://eepurl.com/c0jCIr

SAN VALENTINO STREGATO

Finché morte non ci separi...

Cendrine West e le streghe di Westwick non vedono l'ora di passare un incantevole giorno di San Valentino, pieno di romanticismo, ammiratori segreti e magari anche qualche proposta di matrimonio. Nell'aria c'è l'amore, ma a zia Pearl non interessa.

L'ultima iniziativa imprenditoriale di Ruby porta ospiti inattesi, mentre una proposta misteriosa incuriosisce Cen. Ma quando la freccia di Cupido colpisce una maledizione, si scatena il finimondo!

CAPITOLO 1

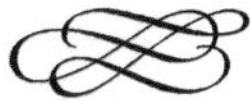

Discendo da una lunga dinastia di streghe professioniste. La gente pensa che le streghe abbiano a disposizione tutti gli strumenti necessari per vivere agiatamente, ma non è così. Osserviamo un insieme di regole molto severe, che vietano il ricorso alla magia per ottenere guadagni economici o materiali. Westwick Corners è una piccola cittadina con poche opportunità di lavoro, quindi occorrono ingegno e creatività per sbarcare il lunario.

La principale fonte di guadagno della famiglia West è il Westwick Corners Inn, la nostra elegante locanda, che ci tiene a galla dal punto di vista economico. Oltre a rivestire diversi ruoli al Westwick Corners Inn, sono anche l'editore e unica dipendente del giornale locale, il Westwick Corners Weekly. Ho rilevato il giornale quando, qualche anno fa, l'ex proprietario è andato in pensione, procurandomi così anche un lavoro. Il giorno in cui questa storia ha inizio, la mia attenzione era totalmente rivolta al borbottio del mio stomaco affamato.

Quando aprii la grande porta che separava la sala da pranzo dalla cucina, fui assalita dal profumo dei muffin alla banana appena sfornati. Alla mia dieta non faceva assolutamente bene entrare in cucina. Tenevo d'occhio le calorie e avevo già usufruito della mia dose quotidiana di muffin a colazione, mangiandomi un'ora fa un muffin ai ribes rossi. Le prelibatezze sfornate ogni giorno da mia mamma erano un costante rischio del mestiere. Nonostante ciò, entrai in cucina molto risoluta, decisa a non concedermi nemmeno un assaggio delle sue creazioni.

Proprio in quel momento, indossando degli enormi guanti da forno, lei aprì lo sportello del grande forno in acciaio. Ne estrasse una pesante teglia in ghisa e me la porse. "Un muffin per i tuoi pensieri, Cen?"

Mi venne l'acquolina in bocca, tuttavia scossi la testa. "Non riesco nemmeno a chiudere la cerniera del vestito che ho comprato per San Valentino. Devo perdere due chili entro stasera e poi altri due prima di cena domani". Il mio stomaco brontolò in segno di protesta.

Mamma si mise a ridere e mise la teglia di muffin a raffreddare su un sottopentola, accanto a una teglia di muffin ai mirtilli. "Due chili si perdono in una o due settimane, non in un giorno. Non devi digiunare, e comunque stai benissimo così".

Era facile dirlo per mia madre; da giovane era stata un'atleta, una centometrista per la squadra dell'università. Ora bruciava calorie gestendo la locanda e occupandosi del grande orto che ci forniva gran parte del cibo. Diversamente da me, era una persona disciplinata e faceva esercizio fisico ogni giorno. Mangiava tutto ciò che voleva senza ingrassare di un grammo.

Pur non facendo nulla di tutto questo, anche zia Pearl manteneva senza fatica il suo misero peso di poco più di quaranta chili. Era ovvio che non avessi ereditato i geni del resto della famiglia West. Io ingrassavo solo scrivendo la lista della spesa. Ero più alta, più in carne e più pallida di tutti i miei parenti. I miei capelli biondi lisci si differenziavano dai tradizionali ricci castani degli altri. Mamma era sempre stata molto vaga in merito all'albero genealogico della famiglia; se non fosse stato per i miei poteri magici, avrei potuto sospettare di essere stata adottata.

La porta della cucina si aprì, sbattendo forte contro il muro.

"Diamine Ruby, cosa stai bruciando adesso?" Zia Pearl fece il suo ingresso in cucina con la fronte aggrottata. La differenza d'età tra mia mamma, l'ultimogenita, e zia Pearl, la primogenita, era di dodici anni, ma non si sarebbe mai detto. Zia Pearl sembrava incredibilmente giovane per la sua età, grazie al suo stile di vita, principalmente basato sull'illegalità.

Quando non era impegnata a ignorare la legge o a dare fuoco a qualcosa, importunava per divertimento lo sceriffo della cittadina. Era un'ondata di crimine fatta persona, oltre al cittadino anziano più ribelle che si possa immaginare.

Mamma le fece un cenno con la mano. "Stavo solo cercando di convincere Cen a provare un muffin. Ho mirtilli, banana e gocce di cioccolato. Ne vuoi uno?"

Gli occhi di zia Pearl si fecero piccoli, mentre lei si preparava all'attacco. "Cucinare è una perdita di tempo. Compra le cose già pronte! Se dedicaste entrambe più tempo alla magia anziché a giocare con le pentole, il mondo e la nostra cittadina sarebbero luoghi migliori".

Mamma scosse la testa. "Cucinare costa meno ed è più sano di qualsiasi cosa che si trovi al supermercato. La locanda ci consente di sopravvivere. Invece, mi risulta che la tua scuola di magia sia chiusa per mancanza di studenti. Persino il giornale di Cen fa soldi". Mia madre mi guardò con un'espressione dubbiosa.

Incrociai le braccia in modo difensivo. "Certo che il mio giornale fa soldi. Per l'edizione speciale di San Valentino ho già venduto spazi pubblicitari guadagnando il corrispettivo di un mese di pubblicità". La mia famiglia considerava il mio giornale locale come un passatempo, e ciò mi dava immenso fastidio.

"Non c'è bisogno di arrabbiarsi, Cen. Stavo solo puntualizzando" rispose mamma.

"Non mi stavo…"

Zia Pearl sbuffò. "Ruby, Cen è arrabbiata solo perché nessuno legge i suoi articoli. Sai bene quanto me che la gente compra quel giornale solo per i volantini e i buoni spesa".

Il lavoro ufficiale di zia Pearl era quello di governante della locanda, ma aveva anche una scuola di stregoneria, la "Scuola degli incanti di Pearl". Le sue studentesse non resistevano più di un semestre a causa del suo carattere insopportabile. Tuttavia, poiché la minima critica alla sua scuola scatenava l'ira di zia Pearl, io e mamma solitamente tenevamo la bocca chiusa. Come si permetteva di mettere in dubbio le mie capacità imprenditoriali?

La locanda e la nostra cittadina prosperavano quando arrivavano dei turisti. Bastava attirarli nella nostra piccola cittadella nascosta, lontana dai consueti itinerari turistici. All'inizio avevamo avuto delle annate molto deludenti, ma l'idea di mamma di trasformare la villa di famiglia in una locanda di lusso si era rivelata un gran successo. Di recente avevamo aggiunto un bar e delle vigne, pubblicizzando la nostra locanda come un tranquillo rifugio, lontano dal caos della vita di città.

Nonostante il nostro modesto successo, convincere zia Pearl a fare la sua parte di lavoro era una battaglia costante. Zia Pearl detestava la sola idea di avere visitatori. Dedicava ad allontanarli la stessa quantità di energia che noi dedicavamo ad attrarli. La nostra sopravvivenza dipendeva dal turismo, ma zia Pearl non ne voleva sapere.

Zia Pearl si avvicinò al ripiano della cucina e staccò un pezzo di muffin alla banana. Lo mise in bocca e fece un gran sorriso. "Che schifo, Ruby! Non puoi dare questa roba ai nostri ospiti!"

"Nemmeno ti piacciono i muffin alla banana! Perché ne hai preso uno?" Mamma emise un sospiro, asciugandosi la fronte con il dorso della mano.

"Non importa, nessuno mangerà questa roba". Zia Pearl si portò una mano alla bocca e sputò il boccone di muffin nel palmo. Buttò tutto in pattumiera.

La fulminai con lo sguardo. "Hai sprecato quel muffin di proposito".

Zia Pearl sospirò: "Troppo dolce per i miei gusti".

"Ai nostri ospiti piacciono i miei dolci, anche se a te non piacciono" disse mamma. "Non che te ne importi. Ormai non pulisci neanche più le camere, e quel nuovo barista che hai assunto è terribile. Non azzecca mai le quantità da versare".

Zia Pearl alzò gli occhi al cielo. "I clienti adorano Lucky. Ruby, te l'ho detto: non posso più sprecare il mio tempo in questa trappola per turisti. Devo gestire la mia scuola".

Mamma fece un sospiro. "Pearl, la locanda riguarda anche te. Devi fare qualcosa a proposito di Lucky. Ci sta mangiando tutti i profitti".

"Potresti tornare tu dietro al bancone del bar, zia Pearl. Ci farebbe risparmiare dei soldi". Gli ospiti sopportavano meglio una barista scorbutica che una governante maleducata, perché l'alcol sembrava allentare la tensione.

"No. Sono troppo impegnata". Zia Pearl scosse la testa. "Perché non lo fai tu?»

Scossi la testa. "Mi occupo già del check-in, della contabilità e della lavanderia. Non posso fare di più. E comunque al momento non hai nemmeno uno studente".

"È solo una situazione temporanea, mentre aggiorno il piano di studi". Gli occhi di zia Pearl divennero delle piccole fessure, attraverso le quali mi studiava. "A dire il vero, Cen, avrei bisogno di qualche cavia per gli incantesimi. Se tu aiuti me, io aiuterò te. Ti farebbe bene un corso di aggiornamento".

"Smettila di cambiare argomento, zia Pearl. I miei poteri magici vanno benissimo così". In realtà, la mia stregoneria avrebbe potuto essere un po' meglio, tuttavia mi esercitavo regolarmente nel poco tempo libero che avevo a disposizione. Mamma aveva ragione: la locanda era la nostra priorità numero uno. Ci dava da mangiare e da vestire, oltre a darci un tetto. La stregoneria era una divertente attività secondaria, ma non serviva a pagare le bollette.

Mamma stava lavando dei piatti nel lavello. "Pearl, se gli affari non inizieranno presto ad andare meglio, dovrai licenziare Lucky. Non possiamo permetterci il suo stipendio".

"Non puoi farlo!" protestò zia Pearl. "Ho promesso a sua madre che gli avrei dato un lavoro".

"Non dovresti prendere questo tipo di impegni senza prima inter-pellarmi" disse mamma. "Lucky a volte non si presenta nemmeno al lavoro. E quando viene, è sempre in ritardo. Fosse stato per me, l'avrei licenziato dopo il primo giorno. Sembra quasi che tu voglia far fallire la nostra attività".

Zia Pearl fece una smorfia. "Lucky è un barista fantastico. Prepara delle bevande eccezionali. È perfetto per questo lavoro".

"Solo ignorando i soldi" risposi. "In tutto ciò che prepara mette il doppio delle dosi. Sono sicura che nemmeno si chiami davvero Lucky". Zia Pearl aveva assunto Lucky tre settimane prima, quando lui si era trasferito qui senza curriculum né referenze. Era un uomo senza un passato, che sembrava essere spuntato dal nulla. Non sapevamo niente di lui, e lui non sapeva niente del mestiere di barista. Saremmo andate in bancarotta se non fossimo state attente.

Mamma fece un sospiro. "Si veste come un gangster. Lo so che non bisogna giudicare le persone dall'aspetto, ma perché deve sempre essere così vistoso? E perché deve cambiarsi sempre d'abito due o tre volte durante il turno di lavoro? Arriva sempre tardi e se ne va sempre troppo presto. Ammettilo Pearl, non è un buon dipendente. Ha per la testa altre cose, il nostro bar non gli interessa".

"Ok, ok! Gli parlerò. Nel frattempo, siate un po' clementi. Tutti meritano una seconda opportunità". Zia Pearl prese un altro muffin, questa volta ai mirtilli. Ne staccò un pezzo e lo tenne tra le dita. Se lo portò al naso e lo annusò, poi lo lasciò cadere sul ripiano della cucina, facendo una smorfia. "Forse non tutti".

Aggrottai la fronte. "La mamma dedica molto tempo alla cucina, per offrire ai nostri ospiti pietanze sempre fresche. Ora, per colpa tua, dovrà fare un'altra teglia di muffin".

Zia Pearl incrociò le braccia in atteggiamento di sfida. Sul volto le comparve un sorriso compiaciuto, mentre guadava il muffin e poi me. "Cen, se questi muffin sono così buoni, perché tu non li stai mangiando?"

"Sono a dieta". Guardai con invidia ciò che rimaneva del muffin. Quello ai mirtilli era il mio secondo preferito, dopo quello alla banana. Zia Pearl mi stava volutamente provocando, e sentivo venir meno la mia forza di volontà.

"Lasci che vada sprecato?" zia Pearl sogghignò maligna.

Cedetti e afferrai il muffin. Ne staccai un pezzo e lo assaggiai. "Mmm... mamma, è buonissimo".

Mia madre mi sorrise e poi si voltò verso il forno. Estrasse un'altra teglia di muffin e la posò sui fornelli per farla raffreddare.

Mamma dirigeva tutte le attività quotidiane della locanda. Inoltre, cucinava le colazioni, i pranzi e le cene, e ogni giorno preparava dei dolci deliziosi. Zia Pearl doveva pulire solo otto camere, per la maggior parte occupate unicamente nel fine settimana. Riusciva tuttavia a offrire agli ospiti la peggiore esperienza possibile. Sebbene gli ospiti trovassero sempre nelle camere biancheria pulita e prodotti da bagno, spesso venivano svegliati da strani rumori nel mezzo della notte, oppure da finestre che si aprivano o chiudevano all'improvviso, e altre simili bravate. Tormentava letteralmente i nostri ospiti, che talvolta se ne andavano prima del previsto, in preda al terrore.

Zia Pearl dava sempre la colpa a nonna Vi. Mia nonna era morta molti anni prima, ma il suo fantasma non aveva mai lasciato la sua casa adorata. Il suo fantasma era uno spirito benevolo, che perlopiù si faceva i fatti suoi. Le piaceva la nostra compagnia e amava l'atmosfera accogliente della locanda; non avrebbe mai fatto scappare i nostri clienti.

Le bravate e gli incantesimi di zia Pearl danneggiavano gli affari, e questa era esattamente la sua intenzione.

Il che conduce a un altro dei miei compiti alla locanda, ovvero rimediare ai pasticci di mia zia attraverso controincantesimi segreti. Farlo non mi pesava così tanto, perché mi consentiva di perfezionare la mia stregoneria. Ero ormai una strega migliore di zia Pearl, sebbene lei non l'avrebbe mai ammesso.

Tenevo d'occhio gli spostamenti di zia Pearl e cercavo di risolvere qualsiasi rogna con la polizia locale. Ciò capitava spesso, e i nostri sceriffi andavano e venivano con una frequenza notevole. Ma grazie al cielo molto meno con l'ultimo sceriffo... L'unico effetto positivo della delinquenza di zia Pearl è stato l'incontro con Tyler Gates, il mio meraviglioso ragazzo.

Al pensiero dei bellissimi occhi castani di Tyler e del suo sorriso contagioso mi si sciolse il cuore. Forse sarebbe stato presto un fidanzato ufficiale, magari già domani sera... Avevamo prenotato un tavolo per San Valentino al ristorante più elegante della vicina cittadina di

Shady Creek. In passato avevamo parlato di matrimonio in modo casuale, ma ultimamente Tyler vi aveva fatto molte allusioni.

Quando fosse finalmente giunto il momento della sua proposta, volevo essere vestita per l'occasione, nel mio nuovo abito rosso di San Valentino. Avrei avuto un aspetto magnifico mentre accettavo la sua proposta, anche a costo di strizzare il mio corpo paffuto in quell'abito troppo piccolo. Dovevo solo digiunare fino a quel momento, ed ero disposta a farlo. E un muffin super calorico non avrebbe di certo rovinato i miei piani.

Abbassai lo sguardo e sussultai: erano rimaste solo alcune briciole. Avevo mangiato tutto il muffin senza nemmeno accorgermene!

Zia Pearl guardò mia mamma con sospetto. "Per chi cucini i dolci realmente, Ruby? I nostri ultimi ospiti se ne sono andati ieri mattina".

Me l'ero chiesto anch'io, poiché non mi risultavano altre prenotazioni. Anche questo era strano. Normalmente eravamo sempre al completo nel weekend di San Valentino.

Mamma arrossì, mentre appoggiava sul piano di lavoro un grande cesto di vimini foderato con un tovagliolo in lino. Sollevò una delle teglie e la girò con estrema cautela. I muffin caddero nel cesto, mentre il profumo di banana permeava l'aria. "Io... ehm... non posso parlare adesso. Ho ancora un sacco di cose da cucinare".

Mi venne l'acquolina in bocca, mentre il mio stomaco borbottava, ancora affamato. "Chi hai detto...?"

Mamma non rispose.

Improvvisamente, si materializzò la sagoma trasparente di nonna Vi. Fluttuò nell'aria attraversando il muro che separava la cucina dalla sala da pranzo. Il fantasma di mia nonna faceva parte della nostra vita quotidiana. Per fortuna, poteva essere vista solo dai componenti della famiglia.

Si mise davanti a me e disse, con voce cantilenante: "Mmm... muffin! I tuoi preferiti, Cen!"

Scossi la testa: "Sono a dieta, ricordi?"

Nonna Vi sbuffò. "Cen, la dieta è già andata a farsi benedire. A dire il vero, ultimamente sembri paffutella".

"Pensi che sono grassa?" Le spalle mi si afflosciarono. Cosa mi era passato per la testa quando avevo comprato un vestito di due taglie in meno? Stupida! Perdere qualche chilo in un mese mi era sembrato facile lo scorso autunno, quando avevo mesi a disposizione per raggiungere il mio obiettivo. Ma San Valentino era domani. Anziché perdere peso, nel periodo natalizio ero ingrassata. Mi ero concessa un po' troppi dolci preparati da mamma, per non parlare dei nuovi vini della nostra tenuta. Nel frattempo, il giorno di San Valentino si era avvicinato sempre di più e sarebbe stato domani!

Nonna Vi fluttuava davanti a me, e il suo corpo trasparente faceva da barriera tra me e il ripiano della cucina. "Ti sto solo dicendo la verità, Cen. Nemmeno digiunando ce la farai mai a entrare in quel vestito domani".

Zia Pearl sbuffò. "Fai un incantesimo, Cen. Allarga quello stupido vestito".

Incrociai le braccia. "Sai bene che non posso farlo. Si tratterebbe di un abuso di potere, oltre a essere vietato dalle regole della WICCA". L'uso della magia per motivi frivoli era malvisto dalla WICCA, l'Associazione Internazionale delle Streghe. Entrare nel vestito era importante, ma non così tanto da rischiare l'espulsione dalla WICCA.

Zia Pearl alzò gli occhi al cielo. "Sei proprio ridicola. Non succede niente se infrangi un pochino le regole, nessuno lo verrà mai a sapere".

Era una bugia. Se avessi infranto una regola, seppur lievemente, zia Pearl avrebbe fatto la spia a zia Amber, un pezzo grosso della WICCA. E Zia Amber avrebbe fatto di tutto per usare sua nipote quale deterrente per tutte le streghe dell'associazione. Sarei stata umiliata pubblicamente davanti all'intera comunità delle streghe. Non ero disposta a correre quel rischio.

Più di qualsiasi altra cosa, ero arrabbiata con me stessa. Avevo avuto tantissimo tempo per perdere peso e non ci ero riuscita. E ora era troppo tardi.

Ce l'avrei fatta solo perdendo mezzo chilo all'ora.

Pensai al bellissimo vestito rosso appeso nel mio armadio, un abito di seta rossa senza maniche, lungo fino a metà polpaccio, che avvolgeva le mie curve in tutti i punti giusti. O almeno lo faceva quando l'avevo provato prima di Natale, con la cerniera aperta. Già allora non ero riuscita ad allacciarlo, e ora mi andava ancora più stretto. Di fatto, riuscivo a malapena a infilarci i fianchi. Era uno di quegli abiti senza tempo, che sarebbe andato di moda sempre. Lo scollo arrotondato era abbellito da minuscole perline di cristallo che riflettevano la luce e illuminavano il mio pallido incarnato.

Il mio acquisto impulsivo nell'unico negozio di abbigliamento da donna di Westwick Corners si era rivelato un errore. Ora comprendevo che i complimenti di Bunny, la proprietaria del negozio, non erano stati altro che un tentativo di liberarsi delle giacenze di magazzino. Era impossibile apparire incredibilmente bella in un vestito che non riuscivo nemmeno ad allacciare. Bunny mi aveva mentito. Tuttavia, quel vestito ora era mio. Era anche l'unico abito degno di una proposta di matrimonio che possedevo, ed ero decisa a indossarlo. Affinché ciò avvenisse, mi servivano degli interventi magici, oppure un piano di riserva senza alcuna magia.

Nonna Vi interruppe i miei pensieri. "Cen! Qualche bella notizia da condividere?"

"No". Fissavo il pavimento, sperando che mamma e zia Pearl non cogliessero l'allusione di nonna Vi. La sua capacità di lettura del pensiero era irritante, e mi dava davvero fastidio che si intromettesse nei miei pensieri segreti. Avrei annunciato la mia bellissima notizia dopo la proposta di matrimonio di Tyler, domani sera.

Non riuscivo a immaginare la mia vita con nessun altro. Io e Tyler eravamo fatti l'uno per l'altra e, almeno per me, si era trattato di amore a prima vista. E, come se non bastasse, Tyler accettava completamente la mia pazza famiglia, anche se zia Pearl lo riteneva il suo nemico giurato.

Mamma coprì il cesto di muffin con uno strofinaccio e raggiunse la porta sul retro. Si infilò degli zoccoli di legno e afferrò la maniglia della porta.

Nonna Vi le si parò di fronte, bloccandole la strada. Puntò il dito verso la direzione opposta. "Ruby, la sala da pranzo è da quella parte. Dove stai portando questi muffin?"

Mamma si schiarì la voce e si guardò intorno nervosa. "Io... ehm... li sto portando a Villa Rocklin".

Nonna Vi sussultò: "Perché? Quel posto è abbandonato. Non ci vive più nessuno da decenni".

Mamma fece un respiro profondo: "Presto non sarà più così".

"Qualcuno l'ha comprata? Affittata?" Villa Rocklin era disabitata da una vita, da molto prima che il nostro mercato immobiliare crollasse. Giravano da anni voci che fosse infestata dagli spiriti, e la maggior parte degli abitanti della nostra cittadina cercava di evitarla. Vero o meno, era bello sapere che stava per arrivare gente nuova, quindi perché mamma era così reticente a parlarne?

Le mani di mia madre strinsero ancora più forte la maniglia della porta, e lei non disse nient'altro. Non ce n'era bisogno. Teneva gli occhi bassi, come se fosse stata colta in flagrante.

L'aura di nonna Vi si colorò di rosso scuro: era arrabbiata. "Perché mai qualcuno vorrebbe stare qui?"

Mamma guardò l'orologio. "Cen, vieni con me. Ti spiegherò tutto quando saremo là".

Zia Pearl strizzò gli occhi. "Spiegherò cosa, Ruby? Lo sai che quel posto è infestato dagli spiriti".

Mamma aprì la porta. "Sto facendo tardi. Cen, vieni?"

"Non posso, mamma. Devo pubblicare l'edizione di San Valentino del giornale". Avevo ancora un paio di cose da fare all'ultimo minuto prima di pubblicare l'edizione speciale. Era piena di romanticismo, ricette e messaggi segreti.

Quest'anno i messaggi segreti erano il doppio dell'anno scorso, e questa edizione si era rivelata una delle più redditizie per me. C'erano messaggi di ammiratori segreti, coppie, aspiranti fidanzati e anche una tenerissima pagina di messaggi di San Valentino disegnati dai bambini della scuola elementare locale. Ma un messaggio molto speciale spiccava su tutti. Una persona anonima, secondo me un uomo, aveva comprato un'intera pagina per il suo amore, ancora senza nome.

Il suo non era l'unico messaggio anonimo; ce n'erano molti altri, e alla gente piaceva indovinare chi fossero i mittenti e i destinatari. Però sapevo sempre chi pagava per le inserzioni, mentre l'acquirente della pagina intera di quest'anno rimaneva per me un mistero. Gli unici indizi erano una busta infilata sotto la porta del mio ufficio, contenente il messaggio da pubblicare, e un'abbondante somma in contanti.

Fin troppo abbondante, a dire il vero. Quei soldi bastavano a coprire i miei costi per tutto il mese e parte di quello successivo. Sebbene fossi felice di non essere in rosso per qualche altro mese, temevo che il mio anonimo cliente avesse pagato troppo per sbaglio, e volevo fare la cosa giusta. Più di ogni altra cosa però, volevo sapere chi fosse questo personaggio così dolce e romantico.

Il messaggio era sentimentale ma troppo generico per indovinare chi fosse il mittente, e morivo dalla curiosità.

Zia Pearl sbuffò: "Cen, nessuno legge il tuo giornale. Smettila di perdere tempo".

"Ti sbagli. Ti sorprenderà sapere che il mio giornale è, in realtà, molto amato". Ero stanca dei continui commenti negativi di zia Pearl. Uno dei messaggi di San Valentino veniva da Earl, l'uomo di zia Pearl. Aspettavo con ansia di vedere la sua faccia quando l'avrei smentita.

"L'unica sorpresa è il tempo per cui sei riuscita a tenere a galla quel giornalino perdi-soldi. Uno spreco di tempo e denaro, a mio parere".

"Nessuno ha chiesto il tuo parere e, credimi, non ti vuoi perdere la mia edizione di San Valentino". Per quanto volessi bene a mia zia, proprio non riuscivo a capire cosa vedesse in lei quell'uomo così dolce. Era educato, tranquillo e gentile con tutti; in altre parole, l'esatto contrario di zia Pearl.

"Nemmeno per sogno, Cen". Zia Pearl fece un gesto sprezzante con la mano. "Non ho tempo per le stupidaggini romantiche".

Questa settimana, avevo dedicato ore extra a rileggere tutti i messaggi di San Valentino, non perché dovessi farlo, ma semplicemente perché mi facevano sorridere. C'è proprio un'abbondanza d'amore a questo mondo. È tutto intorno a noi, invisibile fino a quando non ci fermiamo ad ascoltarlo e a cercarlo. La sfortuna, il cattivo umore e le incomprensioni sono solo ostacoli temporanei. Troppo spesso non spingiamo abbastanza forte questi ostacoli, e l'amore va perso. Credo fermamente che la gentilezza e la bontà vincano sempre, basta solo volerlo. I messaggi di San Valentino non facevano che confermare questa mia convinzione.

La maggior parte della gente ha un cuore amorevole, tuttavia ad alcuni serve una spintarella, persino uno spintone, per esprimere il proprio amore. E non c'è niente come un messaggio di San Valentino per rimettere in pista il proprio cuore. Mi immaginavo già le tante facce sorridenti l'indomani mattina, quando molte persone avrebbero trovato un messaggio speciale per loro, mentre sorseggiavano il caffè a colazione. Talvolta la vita non è il massimo, ma l'amore fa superare tutto, ovviamente a patto che glielo si consenta.

"Ok mamma, andiamo". Discutere con zia Pearl era inutile, e non avevo più tempo da perdere. Rimandai così la prova del mio abito e ritardai l'inevitabile delusione. Il vestito non mi sarebbe andato bene, qualunque cosa avessi fatto.

"Bene, perché siamo già in ritardo". Mamma mi spinse fuori dalla porta.

Uscimmo giusto in tempo per vedere Lucky che scendeva dal lato passeggero del suo furgone Ford verde, arrugginito e ammaccato. Dopo qualche passo barcollante, si fermò e ci fissò. Aveva i capelli spettinati, come se si fosse appena svegliato. Indossava uno smoking tutto stropicciato, con la giacca sbottonata e la camicia fuori dai pantaloni.

"Buongiorno signore!" Ci salutò e si diresse barcollando al bar della locanda, il Witching Post Bar and Grill, dalla parte opposta del parcheggio.

"Quell'uomo deve andarsene" mormorò mamma, mentre lo salutava con la mano, senza alcun entusiasmo.

"È già sbronzo" sussurrai. "Non dovrebbe guidare".

Mamma fece un sospiro: "Non possiamo andare avanti così. Uno di questi giorni..."

"Non dimenticatevi l'aperitivo a mezzogiorno!" Lucky vacillava mentre puntava il dito verso di noi. "Hai detto qualcosa?"

"No" risposi.

Annuì e continuò ad attraversare il parcheggio, fino a raggiungere l'ingresso del bar. Aprì la porta senza usare la chiave. Si voltò verso di noi e ci salutò con la mano, quindi entrò nel locale.

Un bar con la porta aperta, accessibile a tutti, era destinato a fallire. Lucky era pericoloso, e mamma aveva ragione anche riguardo a un'altra cosa. Ci servivano nuovi modi per guadagnare denaro, anche se zia Pearl e nonna Vi non erano d'accordo. Il ruolo di Villa Rocklin nel piano di mamma rimaneva un mistero. Non sapevo perché nonna Vi e zia Pearl si opponessero così tanto alla nostra visita, ma l'avrei scoperto a breve.

ptCAPITOLO 2

Era una mattina fredda di febbraio e le nuvole basse minacciavano neve. Mi appoggiai allo schienale del sedile della Subaru, grata che mamma avesse messo il riscaldamento al massimo. L'aria calda tracciava un ampio arco sul vetro ghiacciato, mentre il parabrezza lentamente si scongelava.

All'interno della macchina, l'umore non era per niente caldo e rilassante.

"E perché mai avresti dato in affitto Villa Rocklin?" chiesi. "So che abbiamo bisogno di soldi, ma non puoi semplicemente dare in affitto una casa che non ti appartiene. È violazione di proprietà privata, è illegale!"

Mamma scosse la testa. "È tutto a posto. Non ci vive nessuno da anni. La lascerò in condizioni migliori di quanto fosse, e nessuno se ne accorgerà".

"Mamma, stai letteralmente commettendo un furto. Non hai il permesso dei proprietari..."

Mia madre mi interruppe: "Il possesso conta per nove decimi della legge, Cen".

"Non è vero! E come faremo a gestire un'altra casa, mamma? Zia

Pearl non sta contribuendo più alla locanda, e Lucky ci costa più soldi di quelli che ci fa guadagnare".

"Andrà tutto bene, non ti preoccupare" disse mamma sorridendo. Era un tranquillo sabato mattina, e i negozi di Westwick Corners erano ancora chiusi. Le strade erano pressoché deserte, con poche auto e poca gente in giro. Notai la macchina di Tyler parcheggiata davanti al municipio. Era un tipo mattiniero e gli piaceva cominciare la giornata presto. Nella nostra cittadina non c'era molto crimine, tuttavia Tyler, in quanto unico rappresentante della legge in città, aveva sempre qualcosa da fare.

Non volevo appesantire ulteriormente la sua lunga lista di mansioni per colpa del progetto avventato, e illegale, di mia madre.

Pensai invece al nostro appuntamento di domani, per San Valentino. Io avrei indossato il mio abito di seta rosso e Tyler un completo elegante, la sua mano posata sulla mia mentre ci guardavamo negli occhi, a lume di candela, nel nostro ristorante preferito. La sua promessa di qualcosa di speciale mi incuriosiva e mi faceva sperare. Avevamo parlato di matrimonio. Sarebbe davvero arrivato un anello di fidanzamento? Ero emozionata e ansiosa allo stesso tempo. Le nostre vite stavano per cambiare, e non stavo più nella pelle.

Passammo il Bar Molly sulla destra, dove c'erano parcheggiati alcuni veicoli, perlopiù furgoni. La luce calda e accogliente dell'interno del ristorante si rifletteva sul paesaggio gelido all'esterno. Mi voltai per vedere se ci fosse dentro qualcuno che conoscevo, ma era impossibile capirlo.

Mamma distolse lo sguardo dalla strada e si girò verso di me. "I nostri nuovi ospiti hanno chiamato all'improvviso. Non potevo mandarli via, e la locanda non era grande abbastanza. Ho dovuto pensare a un piano alternativo, perché non c'erano altri alloggi nella zona: ecco come ho ottenuto Villa Rocklin".

Aggrottai la fronte. "Sei riuscita a contattare i Rocklin dopo tutti questi anni?" I Rocklin erano "l'altra" famiglia di streghe della cittadina. Avevano abbandonato Westwick Corners in circostanze alquanto inspiegabili e misteriose. Era successo anni prima della mia nascita, e la villa era rimasta vuota e derelitta da allora, disabitata e abbandonata.

Silenzio.

"Mamma, perché proprio quel posto? C'è un motivo per cui quella casa è abbandonata: fa schifo".

"Mi serviva un luogo spazioso, e la villa è grande e inutilizzata. È abbandonata da anni, nessuno avrà da ridire se la uso per una settimana. Un tempo era bellissima, e l'ho riportata al suo antico splendore. Anzi, adesso è ancora meglio. Quindi, tutti contenti!" Mamma aveva lo sguardo fisso sulla strada.

Non era da lei fare qualcosa di illegale o violare la proprietà altrui. E, nonostante ciò, eccola qui che si appropriava della casa di qualcun altro per affittarla a degli sconosciuti. E tutto nel nome del profitto. Le sue azioni erano del tutto inusuali. Parte di me non voleva dire niente, per non essere coinvolta, ma ero una West, e quindi già automaticamente colpevole.

"Mamma, non puoi appropriarti della proprietà di qualcun altro. E io non posso prendermi altre responsabilità". Tra il giornale e i vari lavori alla locanda, ero davvero al limite.

L'attività illegale di mamma sarebbe iniziata in piccolo. Una settimana si sarebbe tramutata in due, due settimane sarebbero diventate un mese, il tutto occupando una casa che non le apparteneva. Zia Pearl non era l'unica delinquente della famiglia. Quando Tyler l'avesse scoperto, avrebbe dovuto rivalutare la sua volontà di entrare a far parte di una famiglia di malviventi.

Mentre rimuginavo, notai un movimento improvviso nello specchietto retrovisore.

Anche mamma doveva averlo notato, perché fissava lo specchietto. "Non sono riuscita a trovare i proprietari, ma i miei restauri bastano come pagamento".

Una voce sibilò dal sedile posteriore: "Annulla tutto, Ruby!"

Ero troppo impaurita per voltarmi e affrontare l'intruso. Decisi invece di urlare: "Non farci del male!"

Mamma sterzò bruscamente sul lato della strada. L'auto si inclinò e salì sul marciapiede, fino quasi a rovesciarsi. Mamma riprese il controllo appena in tempo, e riuscì a tornare sull'asfalto. Le sospensioni della macchina fecero un tonfo.

"Sei sempre così drammatica, Cen! Rilassati". Nonna Vi fluttuò tra di noi e sul cruscotto. "È meglio se lasci perdere, Ruby".

"Ci hai spaventato a morte, nonna! La mamma avrebbe potuto investire qualcuno!"

Mia madre mi lanciò un'occhiataccia. "Non essere ridicola! Guido benissimo!"

Nonna Vi scosse la testa. "Per poco non ci hai ammazzato tutte! Per fortuna a quest'ora non c'è nessuno per strada".

Non feci notare che nonna Vi era un fantasma, e quindi già morta.

"Smettila di dare ordini o fermo la macchina e..."

"E cosa farai, Ruby? Mi fai uscire e mi costringi a camminare?" Nonna Vi scoppiò a ridere. "I fantasmi non camminano. Non puoi costringermi a fare nulla. La maledizione dei Rocklin è una cosa seria. Se rompiamo la promessa che abbiamo fatto, la pagheremo cara".

"Quale maledizione?" La violazione di proprietà privata era già un brutto guaio, ma... una maledizione? Non avrei potuto sopportare altre cattive notizie.

La bocca di nonna Vi si spalancò. "Non l'hai mai detto a Cen?"

"Detto cosa?" Il mio sguardo si spostava da nonna Vi sul sedile posteriore, a mia madre.

Quest'ultima guardava dritto davanti a sé, anziché incrociare il mio sguardo. "Cen, non crederai mica a queste stupidaggini?"

"Certo che credo alle maledizioni, mamma! Una maledizione è un incantesimo maligno che dura a lungo, è magia nera".

"Tecnicamente sì, ma questa storia della maledizione è una sciocchezza. Mi spiegate perché, ogni volta che trovo un modo per far guadagnare da vivere alla nostra famiglia, tutti mi criticano?"

Non era mia intenzione ferire i suoi sentimenti. "Mamma, non ti sto criticando. Sono solo un po'..."

"Un po' cosa? Preoccupata? Cen, sei sempre preoccupata per cose che non succedono mai". Mamma fissava la strada, mentre cercava di cacciare indietro le lacrime. Accelerò.

"Mamma, rallenta. Puoi spiegarmi cos'è questa maledizione?"

"Non è niente di che" rispose mamma.

"Ruby, racconta la verità a Cen!" strillò nonna Vi. "La tua avidità ha riacceso una maledizione che ci colpisce tutte".

Mamma guardò in cagnesco nonna Vi attraverso lo specchietto retrovisore. "Mettere un tetto sulle nostre teste è forse avidità? Avere soldi per mangiare è avidità? Non vedo nessun altro contribuire alle nostre spese".

"Tieni gli occhi sulla strada, Ruby" disse nonna Vi con un tono brusco.

Mamma scosse la testa e premette sull'acceleratore. Il sobbalzo mi fece sbattere la testa sul poggiatesta.

"Cosa prevede questa maledizione?" Immaginavo già il peggio. Saremmo rimaste ferite, o addirittura uccise? I Rocklin sarebbero tornati per vendicarsi? La cittadina sarebbe stata ridotta in cenere?

Mamma fece un sospiro. "Ne parliamo dopo".

Nonna Vi emise un grugnito. Non era chiaro se la infastidisse il commento di mamma, oppure la sua guida, o tutte e due le cose.

Io guardavo fuori dal finestrino, in preda al terrore. Non mi piaceva litigare con mia madre, ma stava dicendo cose senza senso.

Lei mi guardò e disse, con tono rassicurante: "Sono passati decenni, Cen. Se la maledizione fosse stata reale, sarebbe già successo qualcosa".

Nonna Vi sospirò: "La maledizione è in piena attività, grazie a te. Semplicemente, non lo sappiamo ancora".

Mi girai sul sedile. "Mi devi una spiegazione. Come posso proteggermi se non so di cosa si tratta?"

"Non ti preoccupare, ho tutto sotto controllo". Il tono di mamma era brusco. Le sue nocche sbiancarono mentre afferrava ancora più forte il volante.

Nonna Vi emise un respiro profondo. "Ruby, Cen ha il diritto si sapere della maledizione. Dopo tutto, lei è uno dei bersagli".

CAPITOLO 3

"Perché la maledizione mi riguarda? Non ho fatto niente per meritarmela". Se davvero ero la vittima di una maledizione soprannaturale, dovevo proteggermi. Ma come potevo proteggermi da qualcosa di cui non sapevo nulla?

Nonna Vi disse: "Cen, purtroppo ogni componente della famiglia West è in pericolo. La faida tra le streghe West e le streghe Rocklin è di lunga data. Un tempo eravamo alleate, ma poi tutto è cambiato per sempre".

"Cambiato... perché?"

Mia madre intervenne: "Cen, ignorala. Non sa di cosa parla".

Avevamo raggiunto la periferia della cittadina, e il paesaggio si era fatto rurale. I terreni lussureggianti lasciavano il posto a vigneti aridi, e poi alla foresta, mentre la strada si faceva tortuosa, lasciandosi alle spalle la valle e avvicinandosi alle colline circostanti.

Le colline erano state un tempo una ricca zona di possedimenti terrieri, prima che la crisi economica distruggesse le fortune di molti. Gli affari non si erano mai ripresi, e molti dei grandi terreni erano stati semplicemente abbandonati, perché troppo costosi da mantenere. Molti proprietari terrieri se ne erano andati e non avevano fatto più ritorno.

Nonna Vi, che nel frattempo se ne era stata imbronciata sul sedile posteriore, ruppe il silenzio: "Ruby, l'avresti dovuto dire a Cen. Hai messo in pericolo lei e tutti noi".

"Pericolo? Mamma, è vero?"

Mamma mi ignorò e alzò il volume della radio così forte da far vibrare tutta la macchina. Era una canzone di hard rock, con il basso a manetta e un cantante che urlava a più non posso. Mi coprii le orecchie, ma la sua voce strideva e attraversava ogni singolo osso del mio corpo. Da quando mai mamma ascoltava l'heavy metal?

Improvvisamente, la radio tacque.

Mi tolsi le mani dalle orecchie, grata che la musica fosse finita. Il mio sollievo durò solo un secondo. Improvvisamente, uscirono delle scintille dal cruscotto, mentre la radio emetteva del fumo, per poi prendere fuoco.

E se l'auto avesse preso fuoco? E se fosse esploso il serbatoio di benzina?

"La maledizione!" esclamai. "Oh cielo, sta già succedendo!"

"Non essere ridicola, Cen". Mamma tolse una mano dal volante e spense le fiamme con il palmo. "Piuttosto, aiutami a estinguere l'incendio".

Allontanai la sua mano, mentre la macchina si spostava verso il centro della corsia. "Guarda la strada!"

Mi guardai intorno, alla ricerca di qualcosa che potesse spegnere le fiamme, ma l'unica cosa a portata di mano era la mia borsa. Iniziai a sbatterla sul cruscotto, nel tentativo inutile di estinguere l'incendio, ma le fiamme si alzavano sempre più, e la mia borsa si stava sciogliendo, attaccandosi alle mie dita.

Tolsi la mano, ma era troppo tardi. La mia borsa si era liquefatta in una sostanza appiccicosa, e le dita mi facevano male. Il fuoco era vero, ma la mia borsa in "vera" pelle non lo era.

Mentre le fiamme divampavano, nonna Vi borbottò un incantesimo sottovoce e le spense con un gesto della mano. "Accipicchia, che fatica! Dacci un taglio, Ruby. Smettila con le distrazioni e con i drammi".

"Senti chi parla. Un fantasma che non riesce a farsi i fatti suoi". Mamma si morse il labbro e cercò di trattenere le lacrime.

"Smettetela di litigare". Abbassai lo sguardo e vidi la mia borsa, ancora fumante. Sembrava un pezzo di pane tostato. Avrei dovuto fare un incantesimo anziché usare la mia borsa, ma lo strano comportamento di mamma mi aveva spaventato. E doveva avere spaventato anche nonna Vi, che aveva appiccato il fuoco.

"Hai fatto incendiare la macchina! E mi vieni a parlare di drammi?" Mamma iniziò a tossire, mentre cercava di cacciare il fumo con le mani.

Nonna Vi si schiarì la voce: "Un tempo gli incantesimi erano così facili. Sono davvero fuori forma".

"Mi avevi detto che i fantasmi non possono fare magie..." nonna Vi aveva sempre incolpato zia Pearl per gli eventi che spaventavano gli ospiti della locanda, affermando di avere perso i suoi poteri. La verità sembrava non abbondare nella mia famiglia.

"Risparmio gli incantesimi per le emergenze, come la situazione in cui ci troviamo ora. Era l'unico modo per attirare la vostra attenzione". Nonna Vi fluttuò verso il sedile posteriore, poi si mise tra me e mia madre. "Se Ruby non ti racconta della maledizione, te lo racconterò io. Ascolta bene, perché la tua vita dipende da questo".

"Ok". Mamma e nonna Vi non litigavano mai. Mamma aveva in qualche modo risvegliato un'antica maledizione della quale non sapevo nulla, e nonna aveva dato fuoco alla macchina. Ero confusa, perché tutto era diverso dal normale, e zia Pearl non era nemmeno coinvolta.

"C'erano una volta due fami..."

"Non è una fiaba" sbottò mamma.

"Va bene, Ruby! Fai a modo tuo!" disse nonna Vi. "Molto tempo fa, quando ero piccola, alle streghe Rocklin e alle streghe West vennero conferiti dei poteri soprannaturali. Gli stessi poteri a entrambe le famiglie. Insieme, le due famiglie proteggevano il vortice da una serie di personaggi pericolosi, e lo tenevano nascosto".

"Il vortice è il motivo per cui siamo streghe?" Mi ero sempre chiesta perché noi avessimo dei poteri magici e gli altri no, e le mie domande non avevano mai ricevuto risposta. Ad un certo punto, avevo semplicemente smesso di chiedere.

Nonna Vi annuì. "Accettammo di fare la guardia al vortice e, in cambio, ricevemmo i poteri magici".

Sebbene sapessi poco sull'origine dei nostri talenti di stregoneria, sapevo del vortice. Una volta c'ero addirittura stata dentro. Il vortice di Westwick Corners era una versione più piccola di altri vortici terrestri, come Sedona, in Arizona, e il vortice più famoso di tutti, ovvero Stonehenge. Il nostro vortice era meno conosciuto, ma come tutti gli altri sette vortici energetici terrestri, era una fonte di poteri soprannaturali per tutti coloro che si trovavano nelle vicinanze. Il vortice conferiva poteri speciali, persino la possibilità di viaggiare nel tempo.

Ogni strega che si rispetti conosce il vortice di Westwick Corners. Rigenera i poteri indeboliti delle streghe, un po' come una fonte della giovinezza sovrannaturale, o la magia dopo una potente cura di steroidi. Se non si prestava attenzione, però, i vortici avevano dei lati negativi. I loro poteri potevano essere sfruttati per fare del bene così come per fare del male e, nelle mani sbagliate, un vortice poteva causare danni enormi. In qualità di guardiane del vortice, era nostra responsabilità proteggerlo; in cambio, ricevevamo dei poteri sovran-naturali.

La gente liquidava solitamente i vortici come luoghi storici di riti pagani, oppure come stupidaggini metafisiche della New Age. Poiché il nostro vortice era poco conosciuto e attirava pochi visitatori, con il passare del tempo avevamo abbassato la guardia. Molti anni fa, quando avevamo disperato bisogno di turisti, avevamo attirato l'attenzione di una strega malefica. Tonya Plant era quasi riuscita ad assumere il controllo del vortice. Per fortuna, eravamo state in grado di bloccare il suo progetto di trasformare il vortice in un resort di lusso. La nostra negligenza e la nostra disperazione non avevano, al tempo, attivato una maledizione. Perché adesso era diverso?

"Ho la responsabilità di proteggere il vortice sin da quando sono nata. Non ho avuto alcuna voce in capitolo. E ora sono colpita da una maledizione di cui non so nulla?" Mi appoggiai allo schienale e incrociai le braccia. Il mio futuro era stato deciso senza chiedere il mio parere, e trovavo tutto ciò inaccettabile. C'era qualche parte della mia vita che non fosse già predestinata?

"Cen, non è un problema così grosso" disse mamma sorridendo. "Insieme, possiamo sorvegliare questo piccolo vortice che non visita mai nessuno. E in cambio, riceveremo dei poteri sovrannaturali che possiamo utilizzare come ci pare e piace: mi sembra un buon affare".

"Basta, mollo tutto. Essere una strega è un peso più che un vantaggio".

"Non puoi mollare tutto, essere una strega è ereditario" rispose mamma, con una finta allegria nella voce. "Nessuna persona sana di mente rinuncerebbe a essere una strega. Tantissime donne farebbero a cambio con te all'istante".

"Bene, possono avere il mio lavoro. Nessuno può costringermi a fare un lavoro che non ho mai chiesto".

"Sì invece, Cen. Abbiamo fatto un voto collettivo, come famiglia West, per sempre". Mamma premette nuovamente sull'acceleratore.

"E dove sono i Rocklin? Perché loro hanno potuto mollare tutto e noi no?"

"I Rocklin si sono... ridotti di numero" rispose mamma.

"Ecco, anch'io voglio ridurmi di numero".

Mamma sussultò. "Credimi Cen, non sai di cosa stai parlando. Privarsi dei poteri sovrannaturali non è un'esperienza piacevole, e una volta fatto non si può più tornare indietro. Il vortice è la tua vocazione, è un impegno per la vita. Accettalo".

L'unico impegno per la vita che desideravo era con Tyler, lontana dalla mia pazza famiglia.

Nonna Vi fluttuò sulla spalla destra di mamma. "Ruby, raccontale la verità. Dille della guerra e di come abbiamo assunto il controllo".

"Aspettate... cosa? Le streghe West hanno combattuto contro le Rocklin?" Per tutto questo tempo, avevo creduto che fossimo le uniche streghe a guardia del vortice. "Non mi hai ancora detto dove sono andati i Rocklin. Cosa mi stai tenendo nascosto?"

"Sono in esilio in un luogo super segreto. Non ho idea di dove siano" intervenne nonna Vi. "L'unica cosa che so, è che adesso verranno a vendicarsi. Le azioni di tua madre ci hanno messo in pericolo".

"Dobbiamo tutti guadagnarci da vivere" rispose mamma bruscamente. "Tu di certo non ci porti soldi".

La nonna si mise a strillare: "Ma lasciami in pace... sono morta! Ho lavorato tutta la vita per mantenerti e mi ripaghi con questa ingratitudine..."

Le interruppi. "Smettetela di litigare. Mamma, perché mi hai sempre tenuto nascosto un fatto così importate?" Mamma, zia Pearl e persino nonna Vi: ero arrabbiata con tutte e tre. Mi avevano mentito per tutti questi anni.

Mamma mi guardò imbarazzata. "Stavo solo cercando di proteggerti, Cen. Mi dispiace. Non te l'ho mai detto perché la maledizione è una cosa del passato. Ero una bambina ai tempi della guerra con i Rocklin. Tua nonna invece è stata coinvolta direttamente, quindi è lei che..."

"Smettila di dare a me la colpa di tutto, Ruby".

Mamma fece un sospiro. "La nonna può raccontarti la storia. Ma ricorda che esagera sempre..."

Nonna Vi sospirò. "Se Ruby non avesse infranto tutte le regole, non ci sarebbe niente da raccontare. Ma hai il diritto di sapere della maledizione, perché ha un grande impatto sulla tua vita".

"Quale impatto? Siamo in pericolo per colpa dei Rocklin?" Sentii un nodo in gola al pensiero che mia madre non mi avesse sempre tenuta lontano dai pericoli.

"Il solo fatto di pronunciare il nome 'Rocklin' potrebbe farli tornare indietro e metterci in pericolo, Cen. D'ora in poi chiamiamole solo le streghe nere, va bene?"

"Ok. Quindi noi saremmo le streghe bianche?" chiesi.

Nonna Vi annuì. "In un certo senso sì, anche se Pearl appartiene a una specie di zona grigia. Le streghe diventano avide proprio come la gente normale. Quando le streghe nere cercarono di impossessarsi del vortice attraverso la magia nera, fummo costrette ad agire. Ecco perché la protezione del vortice era stata affidata congiuntamente a due famiglie, noi West e le streghe nere: dovevamo in teoria garantire la correttezza reciproca. Per un po' funzionò, ma poi la tregua finì e la situazione divenne terribile".

Mamma fissava la strada, in silenzio e con un'espressione molto seria.

Nonna Vi annuì. "Alla fine trionfammo noi, le streghe bianche. Riuscimmo a vincere per un pelo, grazie all'aiuto di molte altre streghe bianche. L'intero mondo delle streghe fu destabilizzato, fino a che non siglammo un accordo. Le streghe nere potevano conservare i loro poteri sovrannaturali, ma solo a patto di abbandonare immediatamente Westwick Corners e il vortice. Mantennero la promessa e se ne andarono quella sera stessa. Successe più di cinquant'anni fa".

"Le streghe nere se ne sono andate pur conservando i loro poteri magici, però noi non possiamo? Non mi sembra giusto". Mi chiedevo quale fosse stata la nostra promessa.

Silenzio.

"Così tanto tempo fa" disse mamma, con un tono falsamente allegro. "E da allora, non sono mai tornate".

"Solo perché non le abbiamo provocate dando in affitto la loro casa, Ruby".

Mamma alzò le spalle. "Sono state mandate in esilio. A cosa gli serve la casa? L'avrebbero dovuta vendere".

Nonna Vi si illuminò di rosso dalla rabbia. "Quella casa appartiene per sempre a loro, non a te. Parte del patto prevedeva che potessero lanciare una maledizione verso la nostra famiglia se avessimo mai messo piede in quella casa, o se avessimo cercato di assumere il potere assoluto. Ecco perché la loro villa giace abbandonata, in attesa di un loro possibile ritorno. Se infrangiamo il patto, ritorneranno. E in esilio ci andremo noi".

L'amore della mia via, il mio lavoro e la mia anima erano legati a Westwick Corners in modo indissolubile. Il pensiero di lasciare Tyler, il mio giornale e l'unica casa che avessi mai conosciuto mi terrorizzava. Lo scacciai dalla mia mente. Dovevo fermare ciò che mia madre stava combinando, qualunque cosa fosse.

Mamma distolse lo sguardo dalla strada e si girò verso di me. "Villa

Rocklin ha moltissimo potenziale. È vero che è in uno stato di abbandono, ma nulla che un po' di olio di gomito non possa..."

"Ruby! Guarda la strada!" Nonna Vi gridò mentre ci spostavamo al centro della strada e sulla traiettoria di un semirimorchio che arrivava a tutta birra dalla direzione opposta.

Il guidatore del camion suonò il clacson e sterzò per evitarci.

Afferrai la maniglia della portiera e mi preparai alla collisione.

Mamma imprecò sottovoce mentre sterzava per rimettersi sulla corsia giusta, allentando anche il piede sull'acceleratore.

Mi voltai per controllare nonna Vi sul sedile posteriore.

La sua aura era diventata viola scuro. Era visibilmente scossa. "La nostra famiglia è sull'orlo del disastro. E fino a quando non avrai dei figli... il futuro della famiglia West dipenderà da te, Cen. Non possiamo lasciare che la famiglia West si estingua".

Perché mio fratello Alan non era soggetto a questi doveri? Sembrava sempre scansarli. Viveva spensierato a Londra. È vero che non era in una relazione sentimentale e non aveva alcun interesse ad avere figli. In quanto maschio, non possedeva i poteri magici delle donne di famiglia. Tuttavia, riusciva sempre a farla franca.

Che rabbia! Dovevo smetterla di piangermi addosso.

A volte, essere una strega era già di per sé una maledizione. I vantaggi della stregoneria erano noti, ma rari. Nessuno parlava delle regole che dovevamo costantemente osservare. "Ci sono altri modi in cui potremmo... andarcene? Potrebbero ucciderci?"

"Non direttamente" rispose nonna Vi. "Ma la maledizione significherebbe una sciagura mortale per ognuna di noi. Ruby, te lo dico per l'ultima volta: torniamo indietro! Un solo passo in quella casa equivale alla nostra condanna a morte".

"Non ci penso nemmeno" disse mamma. "Quella faida ha prodotto anche cose buone. È il motivo per cui è nata la WICCA. Prima era come il Far West, senza un organo direttivo, senza una Costituzione e senza leggi".

"Ruby, se non manteniamo la promessa, scateneremo la maledizione. Le streghe nere potranno tornare per vendicarsi. Ci distruggeranno tutte, inclusa te Cen".

"Ma io non ero nemmeno nata quando è successo tutto questo".

Nonna Vi mi zittì un gesto della mano. "Cen, subiamo tutti le conseguenze delle scelte fatte dalle generazioni che ci hanno preceduto. Non è giusto, ma ci metteranno le une contro le altre, una alla volta. E avverrà in modo così graduale che non ci renderemo nemmeno conto di ciò che sta succedendo. Fino a quando non sarà troppo tardi".

Fui avvolta da un senso di terrore. "Come adesso che tu e mamma state litigando? Forse sta già succedendo". Tutto, nel comportamento di mia madre, era fuori dal normale.

"Si, Cen. Prova a far ragionare tua madre. Non è troppo tardi per lanciare un controincantesimo, ma dovremo farlo tutte, anche zia Pearl". Nonna Vi tornò sul sedile posteriore, chiaramente affranta.

"Mamma, forse la nonna ha ragione. Facciamo quel controincantesimo". Mi voltai per guardare nonna Vi, ma la sua aura si era già affievolita. Tutta questa conflittualità era troppo pesante da sopportare.

Silenzio.

Ma non c'era alcuna possibilità che succedesse. Stavamo andando a Villa Rocklin e ormai non si poteva più tornare indietro.

* * *

Mamma fermò la macchina davanti a un grande cancello nero in ferro battuto che bloccava l'ingresso a Villa Rocklin. Nel mezzo delle volute del cancello c'era una elaborata 'R'. L'iniziale della famiglia che non poteva essere nominata.

Mamma si volse verso di me. "Allora, cosa ne pensi?

Maledizione o meno, quel posto mi faceva paura. Non volevo litigare, quindi dissi: "Mi sembra molto signorile".

Sebbene fossi passata molte volte davanti alla villa, non avevo mai guardato oltre il cancello di ferro alto tre metri, appena visibile sotto i rovi di more e l'edera che lo ricoprivano come in una stretta mortale. Ora le erbacce erano sparite, e al cancello era stata data una mano di vernice nera. Due telecamere di sicurezza erano installate in cima al cancello e riprendevano chiunque si avvicinasse.

A entrambi i lati del cancello c'erano un paio di alberi di cedro di forma piramidale, così come alcuni vasi di viole del pensiero in piena fioritura. Si trattava chiaramente della magia di mamma, sebbene non mi sembrasse né il tempo né l'interesse a sciogliere il ghiaccio che copriva l'asfalto. Tuttavia, era febbraio, e il vialetto ghiacciato che conduceva alla villa donava un senso di autenticità alla scena.

Qualunque fosse il segreto che si celava oltre quel cancello, non l'avrei scoperto per un po', perché mamma si era scordata le chiavi. Imprecando sottovoce, abbassò il finestrino del lato guidatore e mormorò un incantesimo.

Mentre attraversavamo il cancello con l'auto e guidavamo lungo il viale d'accesso, sentii una stretta al petto. Parte di me voleva saltare fuori dalla macchina e scappare, ma parte di me voleva vedere da vicino la misteriosa Villa Rocklin. Se la maledizione era vera, probabilmente era già in corso dalla prima visita fatta da mamma alla villa. Ormai era troppo tardi per tirarsi indietro. Mi aggrappavo ancora alla flebile speranza che nonna Vi avesse inventato tutto, nel tentativo di ostacolare l'ultima iniziativa imprenditoriale di mia madre. Ma perché avrebbe dovuto? La maledizione non avrebbe colpito direttamente nonna Vi, perché era già un fantasma.

O forse non era così?

Era molto strano che nonna Vi avesse viaggiato con noi in macchina. Mi ricordavo di una sola volta in cui era uscita di casa da quando era diventata un fantasma, ed era stato quando le nostre vite erano in pericolo. E lo erano ancora, stando alle sue affermazioni. Rabbrividii al pensiero. Avevo così tante domande, ma se le avessi fatte avrei solo scatenato un litigio, quindi rimasi in silenzio mentre procedevamo lungo il viale.

Passata una curva, intravidi la punta di un tetto a spiovente. A giudicare dall'altezza, la villa doveva avere almeno tre piani.

Immaginai gli occupanti che abbandonavano le stanze, una dopo l'altra, per non farvi più ritorno. Anni di incuria avevano aggiunto polvere e ragnatele, oltre a deteriorare l'arredamento. Gli incantesimi di mamma avrebbero naturalmente reso possibile affittare quel posto. Ma se la maledizione non era nulla di cui preoccuparsi, perché mamma era stata così misteriosa? Zia Pearl e nonna Vi erano entrambe spaventate. Ciò mi preoccupava, perché raramente erano d'accordo su qualcosa.

Il viale curvò nuovamente, e improvvisamente la villa fu completamente visibile. La grande costruzione a tre piani, dall'architettura classica, era imponente e sontuosa. La facciata di mattoni sabbiati era accentuata da grandi colonne bianche lungo un portico che occupava l'intera larghezza della casa. Ad entrambi i lati dell'enorme porta d'ingresso, c'erano grandi finestre a battente. L'ingresso era decorato con un paio di vasi di sempreverdi potati alla perfezione, che accentuavano la simmetria formale della villa.

Persino i giardini sembravano spettacolari, nonostante fosse inverno. Le siepi che costeggiavano il viale erano state potate a forma di orsi, aquile e altre creature, aggiungendo un tocco di stravaganza per contrastare l'architettura formale. Era un luogo elegante e di tendenza allo stesso tempo, con un tocco di mistero. La vecchia villa era stata completamente restaurata e sembrava nuova, perfetta per un servizio speciale in una rivista di arredamento.

Non avevo dubbi che i lavori di ristrutturazione e restauro fossero dovuti alla magia di mamma, anziché a un'impresa edile. Diversamente dall'uso frivolo e talvolta cattivo che zia Pearl faceva della stregoneria, gli incantesimi di mamma ottenevano sempre risultati pratici e, spesso, bellissimi. Potevo ricordare alcuni anni di estrema povertà quando ero più giovane, e come la nostra sopravvivenza fosse sempre dipesa dagli incantesimi pratici di mia madre.

"Cen, non è bellissima? È nostra". Mamma emise un sospiro soddisfatto mentre parcheggiava dietro a un fuoristrada Mercedes bianco.

"Cosa intendi con 'è nostra'? Mi hai detto di averla affittata per una settimana".

"No, hai capito male. Ho detto che avevamo ospiti per una settimana. Ho comprato la villa ad un prezzo ridicolo. Ma per favore, promettimi di non dirlo a zia Pearl, perché è già abbastanza arrabbiata con me".

"L'hai comprata dai Rocklin?" Un accordo tra compratore e venditore significava che non c'era nessuna maledizione.

"Diciamo che... è totalmente legale. Ho un titolo di proprietà".

"Ma mamma... e la maledizione dei Rocklin? L'hai comprata senza consultarti con nessuna di noi".

"Tutti soldi miei al cento per cento, Cen. Non vedo perché avrei dovuto chiedere il permesso di qualcun altro".

"Per la maledizione, mamma: riguarda tutte noi".

Mamma fece una risatina nervosa. "Non crederai mica a tutte queste stupidaggini, vero?"

"Maledizione o meno, come faremo a occuparci di tutto? Questa villa è ancora più grande della locanda e si trova a chilometri di distanza". Non potevo assolutamente addossarmi altre incombenze; le mie giornate erano già piene.

Mamma si voltò verso di me. "Ne parleremo dopo. Adesso andiamo a incontrare i nostri ospiti speciali, arrivati ieri sera tardi. Sarai felicissima! Sono personaggi famosi che hanno bisogno di molta privacy, quindi devi promettermi che manterrai il segreto".

"Chi sono?" Perché mai qualcuno, per non parlare di personaggi ricchi e famosi, avrebbe scelto Westwick Corners per una vacanza in pieno inverno? Magari ci avrei potuto almeno tirare fuori una storia per il giornale.

"Lo scoprirai presto. Seguimi". Aprì la portiera e uscì dall'auto.

La seguii fino alla porta d'ingresso, portando il cesto di muffin. Quando arrivammo in cima ai gradini, la porta di aprì.

Non potevo credere a ciò che vedevano i miei occhi.

CAPITOLO 4

$\mathcal{M}$amma mi afferrò il braccio e sussurrò, in preda all'eccitazione: "I nostri ospiti sono Steve e Serena McCoy, la coppia più bella di Hollywood!"

Rimasi immobile e a bocca aperta. Il reality show *I veri McCoy* era il programma più visto in assoluto. Sebbene io non lo guardassi, riconobbi immediatamente la coppia. Le loro facce erano ovunque: pubblicità, giornali e social media. Era praticamente impossibile *non* vederli.

Una volta ritrovato il contegno, chiesi: "Perché hanno scelto Westwick Corners nel pieno dell'inverno? Non siamo di certo la Riviera, e Villa Rocklin non è il Ritz".

"Volevano qualcosa di diverso; solitudine e privacy".

Aveva senso, più o meno. Steve McCoy aveva fatto i milioni come avvocato che inseguiva le ambulanze, vincendo cause per negligenza multimilionarie. Serena guadagnava ancora più di lui, grazie alle sue linee di cosmetici, profumi e abbigliamento. Quel successo era cresciuto in modo esponenziale con il loro reality show.

Vivevano intensamente, e litigavano spesso. I McCoy erano un disastro in carne e ossa, di cui la gente non aveva mai abbastanza. La loro relazione era più di guerra che di pace, e ogni singolo aspetto delle loro vite era stato monetizzato. Sospettavo che il vero motivo del loro soggiorno fosse quello di filmare una puntata per San Valentino.

Erano pochi i giorni dell'anno che riuscivano a scombussolare la gente quanto San Valentino. Una coppia con una relazione burrascosa era la ricetta perfetta per coloro che volevano dimenticarsi dei propri problemi. Immaginavo già come sarebbe stato; Serena si sarebbe aspettata un regalo unico nel suo genere, e Steve l'avrebbe delusa.

Mamma mi scosse per il braccio. "Cen! Svegliati!"

"Ahi!" Mente cercavo di sottrarmi alla sua presa, la mia spalla s'incrinò. Il dolore mi riportò velocemente alla realtà.

"Tutto bene?" Appoggiata alla porta di legno di quercia finemente intagliato c'era una donna dalla bellezza mozzafiato, con i capelli biondo platino, raccolti in una coda di cavallo. Serena McCoy indossava un maglione di angora lungo fino ai fianchi, con un paio di jeans sbiaditi e delle soffici pantofole bianche. Nonostante l'abbigliamento casuale, aveva un'aura, una presenza potente, qualcosa che non riuscivo a descrivere. Per la prima volta sperimentavo in prima persona il fascino delle star; era magico quanto la stregoneria.

Ripresi il mio contegno e annuii, ancora ammutolita.

"Ruby, sono così felice di averti trovata. Adoriamo questo posto!" Serena McCoy congiunse i palmi delle mani e sorrise. Fece un passo indietro e appoggiò una mano sulla porta intarsiata, tracciando con le dita l'intricato motivo di rose e foglie intrecciate tra di loro. "Questo posto è così speciale".

Mamma sorrideva felice. "Siete i nostri primi ospiti. A proposito, questa è mia figlia, Cendrine. Spero che non vi dispiaccia se è venuta con me. Lavora per l'azienda di famiglia".

Aprii la bocca, ma mi sentivo ancora troppo in soggezione per riuscire a parlare. Hollywood era famosa per la sua gente bellissima, ma quella bellezza era dovuta a una schiera di parrucchieri, truccatori e consulenti di moda che facevano magie dietro le quinte. Foto ritoccate, illuminazione ottimale e cinematografia creativa nascondevano il fatto che, nella vita reale, le stelle del cinema erano spesso più basse, più pesanti e più insignificanti di quanto si pensasse.

Serena sembrava essere un'eccezione. Era ancora più bella e mozzafiato nella vita reale, senza alcuna traccia visibile di make-up. I suoi intensi occhi verde smeraldo facevano da contrasto alla sua pelle abbronzata e luminosa.

"Non c'è nulla di meglio che lavorare con la propria famiglia, ma anche nulla di peggio". Serena scoppiò a ridere, mostrando un sorriso bianco smagliante. Si spostò di lato, facendoci cenno di entrare. "Prego signore, venite dentro al caldo".

Entrammo nel grande atrio dal pavimento di marmo. A sinistra c'era una grande scalinata di legno di quercia, intarsiata con lo stesso motivo di rose e foglie della porta d'ingresso. Non sapevo se si trattasse di Art Deco o Art Nouveau, ma riconobbi all'istante lo stile di mamma. La scalinata conduceva a un lungo corridoio aperto che sovrastava l'atrio.

Dall'altra parte dell'atrio si vedeva un grande soggiorno, con un enorme camino in pietra, decorato con lo stesso intaglio di rose e foglie. Il ricorso alla magia aveva restaurato quella villa abbandonata, rendendola come nuova, dai lucenti pavimenti in marmo ai brillanti candelabri di cristallo. Non c'era alcun segno di polvere o ragnatele; molto strano per una casa disabitata da decenni.

"È bello finalmente rilassarsi, dopo otto lunghi mesi di riprese". Serena sorrise, mentre chiudeva la porta alle nostre spalle. "Non che mi possa lamentare. Sette anni fa, facevo la cameriera in punto di ristoro". La carriera di Serena era una tipica favola da Cenerentola. Il suo rifiuto di una mancia da diecimila dollari da parte di un cliente era diventato virale, e il resto è storia. Il suo lavoro di cameriera in quel ristorante per camionisti lungo l'autostrada terminò quel giorno, sostituito da contratti da modella, contratti con case di cosmetici e ruoli in commedie televisive. Poco dopo incontrò Steve, e il resto appartiene alla leggenda dei reality show.

"Sei una tale ispirazione" esclamò mia madre emozionata. "Adoro il tuo programma".

Serena aprì le braccia: "E io adoro tutti i tuoi tocchi speciali, Ruby. Chi è il tuo arredatore?"

Mamma fece un enorme sorriso. "Ho fatto tutto io. Vedrete, questa è la casa perfetta. È tranquilla e isolata; qui avrete tutta la privacy che desiderate. Possiede tutto ciò che avete chiesto, persino la piscina all'aperto".

Serena notò la mia smorfia e disse: "Probabilmente pensi che sia folle volere una piscina all'aperto nel mese di febbraio, ma Steve ha insistito molto. Deve fare un numero di vasche ogni giorno, e trova rigenerante nuotare all'aperto in inverno".

Non era di certo la mia idea di attività rigenerante, ma devo ammettere che per me anche le piscine al chiuso sono sempre troppo fredde. Una piscina scoperta a febbraio mi provocherebbe un infarto.

Mamma mi spintonò in avanti. "Ve l'ho detto che Cen è una giornalista locale? Per pura coincidenza, sta proprio scrivendo un articolo sul vostro spettacolo e pensavo che..."

Serena si voltò verso di me e mi sorrise con i suoi denti smaglianti. "A dire il vero, forse avrò presto una notizia importante. Magari sarai la prima a saperlo".

Aprii la bocca per rispondere, ma poi mi bloccai. Porsi invece il cesto a Serena. Io e mamma dovevamo parlare, ma non davanti agli ospiti.

Serena prese il cesto e lo annusò. "Sono muffin alla banana?"

Mia madre annuì sorridendo felice: "Appena sfornati!

Serena sollevò il tovagliolo che copriva il cesto, scelse un muffin e lo assaggiò. "Mmmm...delizioso!"

"Domani ne porterò degli altri" disse mamma. "Solo se non è un'intrusione eccessiva".

"Mi farebbe molto piacere" rispose Serena. "Il mondo dello spettacolo è fantastico, ma tutti abbiamo bisogno di un po' di relax. Ecco perché abbiamo prenotato un soggiorno di una settimana. E adesso posso anche svelarvi il mio segreto". Serena si guardò intorno per essere sicura che non ci fosse nessuno a portata d'orecchi. Si avvicinò a noi e sussurrò con fare complice: "Io e Steve vogliamo che questo San Valentino sia davvero speciale. Abbiamo deciso di rinnovare le nostre promesse di matrimonio qui".

La mamma si portò una mano al petto. "Che romantico! Vi serviranno fiori, champagne e una torta! Mi occuperò io di tutto. Volete anche dei camerieri?"

Serena scosse la testa. "Non è necessario. Si tratterà solo di una piccola cerimonia informale. Però sarebbe bello avere dei fiori".

"Consideralo fatto" disse mia madre.

Villa Rocklin sembrava più adatta a un matrimonio in pompa magna che a una piccola cerimonia privata di rinnovo delle promesse di matrimonio. Persino il tocco magico di mamma non avrebbe potuto rendere intima e accogliente questa enorme villa. Detto questo, la villa era molto più piccola della casa del reality show di Serena, e forse a lei sembrava intima e accogliente. Devo ammettere che era molto bella.

La cerimonia sarebbe quasi sicuramente diventata un episodio del reality show. Era ovvio. Questa coppia viveva la propria relazione sugli schermi televisivi, con frequenti litigi e contrasti. Speravo che mamma si fosse fatta dare un deposito cauzionale, perché poteva succedere di tutto ne *I veri McCoy*. Comunque, si trattava sicuramente di uno scoop degno di un articolo.

"Un'ultima cosa" disse Serena rivolgendosi a me. "Mi serve un fotografo. E avrei una proposta: offro al tuo giornale l'esclusiva della storia in cambio di qualche foto. Il tuo fotografo può quindi avere una doppia funzione, per me e per te".

"Non ho un fotogr..."

Mamma mi interruppe. "Il fotografo di Cen è bravissimo. Ha vinto numerosi premi per il suo lavoro".

"Fantastico!" Serena fece un gesto con la mano. "Per quanto riguarda i fiori, sarebbe bello avere qualche vaso nel salotto, oltre a un bouquet per me".

Mamma tracciò un segno di spunta immaginario con il suo dito indice. "Tornerò presto con alcune proposte floreali tra cui scegliere".

Serena spalancò gli occhi. "Sei così efficiente! Sono felice di avere trovato te e questo bellissimo posto".

Il mio stato di panico crescente peggiorò udendo dei passi che si avvicinavano.

"Amore, hai visto i miei occhiali da lettura?" Steve McCoy emerse dal corridoio.

Nonostante le fredde temperature di febbraio, indossava una maglietta a maniche corte, pantaloncini e infradito. Si vedeva che era più vecchio di Serena, un uomo robusto ma in forma, con i capelli grigi tagliati molto corti. Quando ci vide, si fermò improvvisamente. "Scusatemi, non sapevo che avessimo ospiti".

"Steve, queste sono le proprietarie della villa. Ruby West e sua figlia Cendrine. Penso che i tuoi occhiali siano sul ripiano della cucina".

Dopo averci salutate con una stretta di mano, Steve mise il braccio intorno alla vita di Serena e la avvicinò a sé. Il loro affetto sembrava vero, in netto contrasto con la loro costante ostilità in televisione. Tuttavia, la felicità non aumenta gli ascolti, e i reality show si nutrivano di conflitti ed esagerazioni.

Serena gli porse il muffin. "Steve, assaggia il muffin che ha fatto Ruby".

Steve ne staccò un pezzo e si voltò verso mia madre. "Che buon profumo! Serena vi ha detto dei nostri piani per rinnovare le promesse di matrimonio?"

Mamma sorrise. "Lo renderemo un giorno indimenticabile. Serena, se ti serve un vestito, in città c'è un negozietto molto carino, la proprietaria si chiama Bunny".

Dove avevo comprato il mio vestito per San Valentino. Il vestito che non riuscivo ad allacciare.

L'ultimo episodio della stagione era finito con un colpo di scena, ovvero Steve e Serena diretti verso il tribunale per divorziare, l'esatto opposto della coppia innamorata in piedi davanti a noi. Il rinnovo delle promesse matrimoniali era sicuramente un altro colpo di scena ai fini della trama. Fingere una separazione faceva bene agli ascolti tanto quanto una riconciliazione. E per me sarebbe stato un articolo molto succoso.

Serena si appoggiò a Steve. "Mi piace questo posto. Forse potremmo fermarci più a lungo".

Steve finì il suo pezzo di muffin e ne scelse un altro dal cesto. Ne prese un piccolo morso e lo assaporò. "Delizioso. Posso avere la ricetta o è un segreto di famiglia?"

"Sai cucinare?" Avevo finalmente ritrovato la mia voce.

"Ogni tanto, quando ho un po' di tempo. Non abbiamo molto tempo libero durante le riprese. E forse è un bene, altrimenti avrei ancora quei venti chili di troppo che avevo prima dello spettacolo. Vero, amore?"

Serena scoppiò a ridere. "Steve segue una dieta ferrea e un regime di fitness altrettanto rigido. Cinquanta vasche al giorno, in una gelida piscina all'aperto".

Steve arrossì. "Oggi sono in ritardo di due ore. Di solito sono in piscina per le otto della mattina, ma questo posto è così rilassante che sto facendo fatica a trovare la motivazione".

Mamma fece un enorme sorriso. "Non vi facciamo perdere altro tempo. Tornerò presto con qualche idea per i fiori. Se nel frattempo vi servisse altro, chiamatemi".

Stavamo per andarcene, quando dal piano di sopra tuonò una forte voce maschile. "Chiudete quella porta maledetta, qui si gela!"

Jason, il figlio che Steve aveva avuto dal primo matrimonio, ci guardava in cagnesco dal secondo piano. La recente esclusione di Jason dal reality show era stata attribuita a problemi di spaccio e dipendenza in un episodio speciale. Non sapevo se il ruolo di spacciatore tossicodipendente di Jason ne *I veri McCoy* fosse vero o finto. Sicuramente, nella vita reale era altrettanto viziato e maleducato.

Steve si scurì in volto, mentre ci diceva sottovoce: "Vi prego di ignorare la maleducazione di Jason. È stato sbattuto fuori da un centro di recupero... ancora. Non ha un posto dove andare ed è depresso".

"Il rinnovo delle promesse di matrimonio sono una sorpresa" sussurrò Serena. "Non intendiamo dirlo ancora a Jason, perché temiamo che saboterebbe tutto".

"Non diremo una parola". Mi sentivo in imbarazzo a essere inclusa nel dramma di famiglia.

Jason scese di corsa le scale, fermandosi su uno degli ultimi gradini. "Chi sono queste due? Avevate detto che non ci sarebbero stati visitatori".

Io e mamma ci scambiammo occhiate preoccupate. Era strano sentir parlare di noi come se non fossimo lì.

Serena rispose al posto nostro. "Queste sono le padrone di casa, Ruby West e sua figlia Cendrine. Sono le proprietarie di questo posto".

Jason lanciò un'occhiataccia a mia madre, poi rivolse l'attenzione a me. I suoi occhi si spostarono lentamente lungo il mio corpo, fermandosi un po' troppo, per i miei gusti, sotto al collo. "Ha bisogno di qualche aggiustatina".

Parlava di me o di Villa Rocklin? Qualunque fosse, era estremamente offensivo. Resistetti alla tentazione di rispondergli con un commento di cui mi sarei pentita.

"Ci sono dei bar in questo paese?" Gli occhi di Jason rimanevano fissi su di me, mentre afferrava un muffin dal cesto che Serena teneva in mano. Lo mangiò con due morsi e gettò l'involucro nel cesto, prima di pulirsi le mani sui jeans.

"L'unico posto aperto è il Witching Post, dall'altra parte della città". Non volevo sentire altri commenti stupidi, quindi evitai di dirgli che eravamo le proprietarie del locale. Quel bar rustico non sarebbe sicuramente stato all'altezza dei locali frequentati da Jason, ma forse questa era una buona cosa. Dopo la prima visita, non sarebbe più tornato.

"Witching Post? È il nome più stupido che abbia mai sentito". Jason si fece largo tra me e mamma, sbattendo contro la mia spalla e facendomi perdere l'equilibrio.

"Ahi!" Barcollai un po' e andai a sbattere con la spalla contro la parete. Ritrovai velocemente l'equilibrio, ma mi faceva male la spalla a causa del colpo preso.

Jason non se ne accorse, oppure non gliene importava nulla. Spalancò la porta d'ingresso con una forza tale da farla sbattere contro il muro.

Non si preoccupò di chiuderla alle sue spalle.

Rimanemmo tutti in silenzio, guardando Jason che correva giù per i gradini per raggiungere una Porsche rossa nuova di zecca, però con il paraurti anteriore ammaccato. Si fermò accanto alla portiera del guidatore e ci fissò con uno sguardo di sfida.

Non che qualcuno avesse osato fermarlo.

"Rieccoci..." sospirò Steve.

Jason aprì la portiera dell'auto, saltò dentro e accese il motore. Dagli altoparlanti della macchina partì della musica ad altissimo volume.

Steve si avvicinò alla portiera aperta e urlò per sovrastare la musica: "Jason, dove stai andando?"

"Devo occuparmi di alcune cose". Jason fece rombare il motore.

Steve gridò: "Stai facendo bene, Jason: non rovinare tutto".

Jason fece rombare nuovamente il motore della Porsche, quindi mise la retromarcia. Arrivò con l'auto davanti alla scalinata della villa e si fermò. Abbassò il finestrino e gridò: "È la mia vita: faccio quel diavolo che mi pare!" Alzò ancora di più il volume dello stereo. Dagli altoparlanti dell'auto tuonò della musica heavy metal.

I pneumatici della Porsche fecero un rumore stridente, mentre Jason schiacciava l'acceleratore e schizzava via lungo il viale.

Era evidente, dalla scenata di Jason, che la storia dei McCoy in televisione non era interamente finta. Non potevano fuggire dal loro vero dramma di famiglia, nemmeno in vacanza. Probabilmente, avevano scelto la nostra cittadina lontano da tutto affinché nessuno potesse vedere da vicino quanto fosse disfunzionale la loro famiglia.

Mamma ruppe il silenzio imbarazzato. "Non preoccupatevi, non diremo una parola. Non metteremmo mai in pericolo la nostra privacy".

Steve fece una risatina nervosa. "Abbiamo rinunciato alla nostra privacy il giorno in cui abbiamo iniziato il reality show. La nostra famiglia è un libro aperto. Tuttavia, cose di questo tipo sono sempre imbarazzanti".

Serena annuì. "Talvolta mi chiedo se il nostro programma sia la causa dei problemi di Jason. Questo è stato il suo quinto ricovero in un centro di recupero. Crescere sotto la luce dei riflettori è difficile. La droga è un meccanismo di difesa. Noi facciamo di tutto per aiutarlo, ma per prima cosa deve essere lui ad aiutare sé stesso".

"Jason ha sempre avuto tutto su un piatto d'argento e, nonostante ciò, sembra autodistruggersi".

Mi sentii in colpa. "Mi dispiace di avere accennato al bar, ma almeno qui in città non gira droga".

Serena emise un sospiro. "La droga è ovunque, persino in questa piccola cittadina. Jason la troverà di sicuro. È una cosa che abbiamo imparato negli ultimi sette anni. Per fortuna, non gli abbiamo comprato la Porsche più costosa che voleva. È andato a sbattere con questa nel giro di una settimana e si aspetta che noi paghiamo per farla riparare. Il suo problema con la droga è fuori controllo, la metà del tempo non si presentava per le riprese e quindi siamo stati costretti a escluderlo dal reality show".

Mamma sussultò: "Tutti quei ricoveri non hanno funzionato?"

Serena scosse la testa. "Funzionano per un po', ma poi ci ricasca sempre. E ora rifiuta del tutto di farsi ricoverare. Non possiamo aiutarlo se il desiderio di guarire non parte da lui. Non sappiamo cosa fare".

Se davvero Serena e Steve volevano aiutare Jason a guarire dalla tossicodipendenza, mostrare in televisione le sue difficoltà non era la strategia giusta. Le difficoltà familiari erano buone per gli ascolti, ma danneggiavano sempre la fiducia reciproca. Provavo un po' di pena per Jason.

Serena era la matrigna di Jason, ma aveva appena dieci anni più di lui. Giravano voci che Jason non avesse mai perdonato a Steve di avere sposato Serena a meno di un anno dalla morte di sua madre, avvenuta per cause accidentali otto anni prima.

Mamma si schiarì la voce e disse con un tono falsamente allegro: "Andiamo Cen, abbiamo un sacco da fare!"

Una volta salite in macchina, le chiesi: "Mamma, perché la gente rinnova le promesse di matrimonio? A cosa serve?"

Mamma avviò il motore. "Confermano il proprio impegno nei confronti dell'altro. Talvolta avviene dopo un periodo di crisi, oppure per celebrare un anniversario importante. Oppure non hanno mai avuto una vera e propria cerimonia. Ti ricordi il terzo episodio? Steve e Serena erano troppo impegnati con le riprese per poter organizzare un matrimonio come si deve, quindi si dovettero accontentare di una piccola cerimonia sui gradini del municipio".

Scoppiai a ridere. "Sai fin troppo di questa gente; sembri ossessionata".

Mamma alzò le spalle e cambiò marcia. "Credo nei lieti fini, Cen. Non credo che ci sia una maledizione dei Rocklin. Ignora tutto ciò che dicono Pearl e la nonna, perché abbiamo un futuro brillante davanti a noi".

"Nessun futuro, secondo me" sbottò nonna Vi dal sedile posteriore.

"A proposito di futuro, dove posso trovare un fotografo?" chiesi.

"Zia Pearl ha appena comprato una nuova macchina fotografica, sarebbe assolutamente perfetta!" disse mamma.

Sì, sarebbe stata un disastro perfetto: in un certo senso, proprio quello che serviva a *I veri McCoy*".

CAPITOLO 5

Tracciai con il dito la sagoma della manopola del volume dell'autoradio, mezza fusa, e mi chiesi se i McCoy ci avessero portato fortuna o meno. Mamma guardava dritta davanti a sé, con le mani ben salde sul volante, mentre tornavamo a casa. Nonna Vi se ne stava imbronciata sul sedile posteriore. Il suo incantesimo aveva spento l'incendio, ma la radio non funzionava più. Il silenzio creava un'atmosfera pesante. Pensai di fare un incantesimo per aggiustare la radio, ma avrei solo causato un nuovo litigio.

Mi concentrai invece sull'articolo sui McCoy. Qualsiasi storia sul rinnovo delle promesse di matrimonio avrebbe dovuto partire dagli inizi della loro favola romantica. Il contenuto della mia storia dipendeva da due possibili scenari: in uno, la cerimonia era vera, nell'altro invece non si trattava che di una trovata per il reality show *I veri McCoy*. Non avrei saputo quale fosse vero fino alla cerimonia, ma non importava. La maggior parte dell'articolo avrebbe contenuto informazioni sul reality show, e avrei riempito le altre parti all'ultimo momento.

Se il rinnovo delle promesse di matrimonio era autentico, avrei scritto una storia positiva, in contrasto con la loro ostilità sullo schermo. Se invece si trattava di una trovata per il programma, la storia si sarebbe scritta da sé. Ci sarebbero stati insulti e distruzione, e io mi sarei semplicemente limitata a raccontare gli eventi.

Questa storia mi era letteralmente caduta dal cielo. Non vedevo l'ora di iniziare a scrivere, ma prima dovevo dare gli ultimi tocchi all'edizione speciale di San Valentino. La maledizione dei Rocklin sembrava più finzione che realtà, e la giornata di oggi si era rivelata fortunata.

* * *

QUANDO FINALMENTE MAMMA imboccò il viale tortuoso che conduceva alla nostra locanda in cima alla collina, mi venne un colpo. La Porsche rossa di Jason era parcheggiata accanto a un furgoncino e a grande furgone bianco davanti all'edificio che ospitava il Witching Post Bar and Grill. In questo periodo dell'anno, era insolito vedere dei veicoli nel parcheggio a metà mattina; forse qualche fornitore si era fermato per un pranzo veloce.

Almeno oggi al bancone c'era Lucky, anziché zia Pearl. Meno zia Pearl interagiva con la gente, meglio era, in particolare con tipi irascibili come Jason McCoy.

Mi affrettai dietro a mia madre, attraversando il parcheggio che conduceva all'ingresso della locanda. "Zia Pearl non può essere la fotografa ufficiale. Sai benissimo che non metterà mai piede a Villa Rocklin".

Mamma si voltò verso di me, alzò le braccia al cielo e mi rispose bruscamente: "Hai ragione, mi sono dimenticata. E allora chi, Cendrine? Hai una soluzione? Non posso fare tutto io!"

"Che ne dici di... Lucky?" Rabbrividii, in attesa della risposta di mia madre. Non si arrabbiava mai, soprattutto con me. Ma adesso era una persona completamente diversa, e questo mi spaventava.

Mi rispose con le mani sui fianchi: "Lucky? Stai scherzando?"

Scrollai le spalle. "Perché no? Terrebbe zia Pearl impegnata al bar e lontana dai McCoy. Prenderemmo due piccioni con una fava. Le diremo che Lucky è in malattia, o qualcosa del genere".

Mamma afflosciò le spalle. "Ok, va bene. Tu ti organizzi con Lucky, ma spero per lui che si presenti".

"Ci sarà, te lo prometto. Lo porterò io stessa a Villa Rocklin".

Le spalle di mamma si afflosciarono ulteriormente, come se portasse tutto il peso del mondo. Si girò e salì le scale senza pronunciare un'altra parola.

La chiamai: "Mamma, lo so che stai lavorando tantissimo. Ti prometto che aiuterò di più".

Mamma si voltò, portandosi la mano alla bocca. Sembrava sul punto di scoppiare a piangere. "Cen, scusa se mi sono arrabbiata. È solo che... a volte mi sembra di essere l'unica che ci tiene tutte unite. Gestisco la locanda, cucino tutti i pasti, pago le bollette e non ho alcun supporto. E quando Pearl e tua nonna criticano tutto, io... In questo momento sono un po' stressata".

"Mamma, non preoccuparti, ci sono qui io". Mia madre si sarebbe dovuta consultare con noi altre prima di lanciarsi in questa avventura, ma ormai ci eravamo dentro fino al collo e non si poteva tornare indietro. Le prossime ventiquattr'ore sarebbero state decisive. Tutto il resto doveva aspettare, inclusa la maledizione, che sembrava sempre più reale.

Mamma guardò l'orologio e fece un sospiro: "Forse è tutto troppo ambizioso. Spero di non aver commesso un terribile errore".

CAPITOLO 6

Io e mamma eravamo sedute nella sala da pranzo della locanda. Stavamo discutendo dei dettagli per la cerimonia di Steve e Serena, quando nella sala fece irruzione zia Pearl.

"Dovrai prima passare sul mio cadavere!" Zia Pearl si diresse furibonda verso il nostro tavolo, puntando un dito contro mia madre. "La maledizione dei Rocklin sarà la nostra rovina. Non ho alcuna intenzione di rischiare la vita per qualche soldo".

Mamma sollevò gli occhi dal catalogo delle composizioni floreali che stavamo sfogliando e si accigliò. "Pearl, ci servono quei soldi. Le nostre prenotazioni sono crollate negli ultimi mesi. Ti rendi conto che rischiamo la bancarotta? Questi ospiti sono una manna dal cielo. E tu di certo non generi alcun guadagno".

"Ruby, non vale la pena mettere in pericolo le nostre vite. Lascia stare Villa Rocklin, prima che sia troppo tardi". Zia Pearl picchiettava un piede in attesa di una risposta.

"Se non sfruttiamo questa opportunità, moriremo di fame. I McCoy sono una famiglia come le altre" disse mamma. "L'unica differenza è che sono famosi. Si sono portati dietro del personale che starà qui alla locanda. Tra una settimana se ne saranno andati tutti. I

McCoy vogliono solamente passare un San Valentino tranquillo. E mi hanno chiesto di aiutarli con il rinnovo delle promesse matrimoniali".

"Ruby, si sono portati una troupe televisiva! C'è un furgone pieno di apparecchiature in parcheggio. Non mentirmi. Non è una cerimonia, è una trovata pubblicitaria!"

Mamma non aveva detto nulla della troupe. Quali altri segreti ci stava tenendo nascosti?

Mamma fece un sorriso falso a zia Pearl. "Pearl, puoi occuparti tu dei fiori? Magari delle rose bianche e rosse, e un arco di palloncini rosa e bianchi?"

Zia Pearl sbatté i piedi. "Non ho alcuna intenzione di fare un altro dei tuoi stupidi archi di palloncini. Voi due state pianificando tutto questo da mesi, non è vero?"

Cercai di protestare: "Ho scoperto de *I veri McCoy* solo mentre andavamo a Villa Rocklin".

Gli occhi di zia Pearl divennero delle piccole fessure, attraverso le quali ci guardava in cagnesco. "Pensi davvero che valga la pena rischiare la nostra esistenza come streghe per un reality show? Quanto ti hanno pagato?"

Mamma arrossì ma rimase zitta.

"E allora cos'è? Hanno offerto a entrambe un ruolo nel programma?"

"Ti sbagli, zia Pearl". Non ero d'accordo con quello che aveva fatto mia madre, ma tutto ciò che faceva lo faceva per noi. "Non hanno detto niente riguardo alle riprese, e non facciamo parte del cast. Steve e Serena cercavano solo un posto tranquillo".

Zia Pearl alzò gli occhi al cielo. "Ma bene, li chiamate già per nome come vecchi amici? Tentativo fallito, Cen; è ovvio che siate tutte e due in combutta. La vostra sete di fama e ricchezza sta mettendo in pericolo la nostra esistenza di streghe. E io non voglio averci nulla a che fare. Cercateveli da sole i vostri stupidi palloncini e i fiori".

"Io non..." mi interruppi a metà frase, in preda alla vergogna. Era vero che mamma ci aveva ingannato, ma qualsiasi conseguenza della maledizione, a patto che davvero esistesse, sembrava molto vaga. La maledizione era, con ogni probabilità, solo una leggenda fantastica, ingigantita a dismisura. Mia madre mi aveva sempre protetta dai pericoli. Se la maledizione fosse stata davvero qualcosa da temere, me l'avrebbe da molto tempo.

Maledizione o meno, il vero problema era la fiducia. Perché nessuno, nella mia famiglia, mi aveva mai raccontato della maledizione dei Rocklin? Non potevo ignorare il fatto che nonna Vi e zia Pearl sembravano realmente terrorizzate, e ciò mi spaventava. Zia Pearl era la persona più spericolata che conoscessi. Se aveva paura, c'era motivo valido, e mamma mi avrebbe dovuto informare, per consentirmi di trarre le mie conclusioni.

Mi schiarii la voce: "Zia Pearl, i McCoy se ne andranno tra qualche giorno. Non li vedrai nemmeno". Decisi di omettere la presenza del figlio, che in quel preciso istante si stava ubriacando nel nostro bar.

Zia Pearl sbuffò: "È molto bello che i nostri ospiti possano rilassarsi mentre invece le nostre vite vengono distrutte".

Mamma alzò le braccia al cielo, in preda alla frustrazione. "Pearl, sono i soldi dei nostri ospiti a permetterci di vivere così". Mostrò con un gesto della mano la sala da pranzo; era grande, ma arredata in modo modesto. I quattro grandi tavoli da pranzo in legno di quercia, recuperati da un ristorante che era fallito, erano vecchi ma funzionali. Il banchetto dove gli ospiti potevano servirsi da soli caffè e spuntini, accanto alla porta della cucina, era semplice ed era stato costruito da un artigiano locale. La sala da pranzo era più accogliente che sontuosa, ma svolgeva degnamente la sua funzione.

"Dubito che domani saremo ancora vive" mormorò zia Pearl.

Mamma scosse la testa. "Smettetela di essere così negative, tutte e due. Hanno pagato il doppio della tariffa abituale, tra l'altro in anticipo".

"Ruby, nemmeno tutto il denaro del mondo giustificherebbe quella maledizione".

"Pearl, non c'è nessuna maledizione. Ne hai mai visto una traccia in tutto il tempo che abbiamo vissuto qui?" Mamma rispose alla sua stessa domanda: "No, non l'hai vista".

Zia Pearl la guardò minacciosa: "La maledizione è inattiva solo perché i Rocklin se ne sono andati. Certo, è successo decenni fa, ma basta un errore per riattivarla. Sono io quella che ha tenuto d'occhio la maledizione in tutti questi anni, ma qualcuno me ne è grato? No!" Zia Pearl scosse la testa.

"Ah! Quindi adesso sei la nostra salvatrice?" disse mamma. "Pearl, sei davvero ridicola".

"Mamma, basta".

Mia madre incrociò le braccia. "Questa volta non cedo. Pearl, pensaci bene: non c'è nessuna forza esterna che può portarci via i poteri. I nostri poteri non sono strettamente ereditari. Lo sai anche tu, Cen. I poteri magici e la stregoneria non ci vengono dati, bensì vengono da dentro di noi. Ognuna di noi dedica migliaia di ore a perfezionare i propri poteri. Ci siamo guadagnate questi poteri, un incantesimo dopo l'altro, un'ora dopo l'altra, un giorno di pratica dopo l'altro. Si, ci è stato dato un dono, ma i nostri poteri sono cresciuti soprattutto grazie al nostro duro lavoro".

Mia madre aveva ragione. Sebbene fossi grata delle mie capacità sovrannaturali, non avevo scelto io le complicazioni legate all'essere una strega. Avevo inizialmente accettato le mie responsabilità con riluttanza, ma poi mi ero esercitata di nascosto per soddisfare le aspettative impossibili di zia Pearl. Mi ero guadagnata ogni incantesimo, ogni pozione e ogni tisana magica. Il successo era il risultato del mio duro lavoro.

C'era ancora una domanda che mi assillava. Mi rivolsi a mia madre: "I Rocklin se ne sono davvero andati, vero?"

"Beh... sì. La gente si trasferisce per una miriade di motivi". Il tono di mia madre era falsamente allegro.

Zia Pearl disse: "Ruby, la gente non se ne va nel mezzo della notte in preda a un capriccio, lasciandosi alle spalle tutto ciò che possiede. Sai benissimo perché i Rocklin se ne sono andati, e Cen merita di sapere la verità".

"Per adesso sa già abbastanza. Il resto della storia può aspettare". Mamma si diresse velocemente verso la cucina, sbattendo la porta alle sue spalle.

Zia Pearl mi guardò con occhi apprensivi. "Quando dovrai

scegliere da che parte stare, scegli in modo saggio, Cendrine. Non ci sarà rimedio a ciò che succederà".

riiiin! Driiiin! Driiiin!

"Ahi!" Colta di sorpresa dal campanello del bancone d'ingresso, sotto al quale mi trovavo inginocchiata, sollevai di colpo la testa, sbattendola forte. Riuscii a districarmi e ad alzarmi.

"Era ora che qualcuno si degnasse di aiutarmi". Una mano ingioiellata spinse una pila di fogli sul banco del check-in della locanda. "Ho una prenotazione per ventiquattro camere, non fumatori".

Mi massaggiai il bernoccolo sulla testa, che già mi faceva male. "Deve esserci un errore; il Westwick Corners Inn ha solo otto camere. Non possiamo avere accettato una prenotazione per ventiquattro camere".

Mentre parlavo, fissavo gli occhi verdi di una bellissima donna dai capelli rossi. Lei si appoggiò al bancone, riducendo lo spazio che ci separava.

I suoi occhi fissavano i miei, mentre picchiettava sui fogli con il dito indice.

"C'è scritto qui: abbiamo prenotato ventiquattro camere, non otto. *Ventiquattro camere*".

"Le nostre camere sono molto spaziose, se volete condividere una..."

"Assolutamente no! La troupe ha sempre camere separate, ed è quello che abbiamo prenotato. Deve risolvere questo problema immediatamente!"

Mia madre non mi aveva detto nulla. Sebbene dentro fossi furibonda, mi sforzai per sorridere educatamente. "Penso che ci sia stato un fraintendimento. L'hotel più vicino con questa capacità si trova a Shady Creek, a un'ora da qui".

"Inaccettabile" rispose la donna bruscamente. Fece un passo indietro, alla ricerca di qualcuno che le fosse più utile di me. Era vestita in modo casual ma elegante: jeans, tacchi e un maglione verde smeraldo dello stesso colore dei suoi occhi.

Non avevo speranze, perché non c'era alcun modo di poterle offrire ventiquattro camere. La giornata si era già rivelata un disastro, e non era ancora mezzogiorno. "Vorrei poterla aiutare, ma abbiamo solo..."

Fece un gesto con la mano, mostrandomi i palmi in segno di protesta. "La smetta di cercare delle scuse e mi dia quelle dannate camere".

Mi batteva forte il cuore mentre aprivo i fogli. Era davvero una prenotazione, ma per un albergo in una cittadina adiacente. "Adesso capisco cosa è successo. La prenotazione è al Western Inn di Shady Creek. Non è la prima volta che succede. Se vuole, posso chiamarli, signorina..."

"Abby Monroe. Sono l'assistente personale di Serena McCoy. Un'altra città non va bene, e non è quello che avevamo chiesto". Abby si voltò verso un uomo alto e muscoloso, in piedi accanto alla porta d'ingresso. L'uomo fece un impercettibile segno con la testa.

Mi sembrava stranamente familiare, ma non riuscivo a ricordare dove l'avessi già visto. Doveva essere alto quasi due metri, perché con la testa toccava lo stipite della porta. Aveva il fisico di un culturista pompato di steroidi, con le braccia così muscolose da non stare dritte lungo i fianchi. Immaginai che facesse parte delle guardie del corpo dei McCoy, sebbene fosse strano che non fosse a casa con loro. La presenza del cast e della troupe confermava il mio sospetto che la semplice cerimonia di rinnovo delle promesse matrimoniali dei McCoy non sarebbe stata così semplice.

Feci un respiro profondo. Il cliente aveva sempre ragione, soprattutto un cliente dalla parte del torto. Dovevo smorzare la situazione in qualche modo. "Abby, è fortunata, perché tutte le nostre otto camere sono libere. Posso dargliele subito. Purtroppo, non ci sono altri alberghi qui a Westwick Corners. Qualche componente della troupe può forse stare nella cittadina accanto?"

Abby scosse la testa e spinse un foglio sul bancone. Puntò il dito sull'intestazione. "Si sbaglia: questo è il posto giusto. Persino il navigatore ci ha portato qui".

Arrossii, mentre nella locanda entravano altre persone. Litigare non avrebbe risolto la situazione. Fui presa dal panico; la nostra piccola lobby era ora affollata e tutti parlavano ad alta voce. Feci una serie di respiri profondi e rilessi i documenti.

Effettivamente, sotto al nome e al logo dell'altro albergo, c'era stampato il nostro indirizzo. Non aveva senso, ma dovevo fare qualcosa per risolvere questo problema. In un modo o nell'altro, dovevo trovare subito ventiquattro camere.

Sollevai lo sguardo per guardare Abby, e feci un sorriso falso. "È molto strano. Non capisco cosa possa essere successo, ma non si preoccupi, risolveremo tutto".

Comparve mia madre, che si diresse verso di noi e si unì a me dietro al bancone. "Cosa dobbiamo risolvere?"

Spiegai la situazione e le presentai Abby.

"Nessun problema" disse mamma allegramente. "Siete fortunati, perché abbiamo altre otto stanze nella dependance. Alcuni di voi dovranno condividere una camera, ma sono tutte molto grandi. Può andare bene?"

Abby sospirò. "Dovremo farcelo andare bene. Domani ci aspetta una giornata molto impegnativa".

* * *

LA DEPENDANCE di mia madre si rivelò essere la Scuola degli incanti di Pearl. Con la magia, mamma aveva trasformato velocemente l'edificio, donandogli una nuova facciata e partizioni interne per creare altre otto stanze, ed era riuscita a convincere Abby a scendere a un compromesso. Le camere non avevano lo charme della locanda, tuttavia l'edificio sembrava nuovo e in ordine, grazie anche a una mano di vernice fresca e ad alcune piante di cedro in vaso che decoravano gli esterni. Soprattutto, la dependance si trovava a pochi passi dal parcheggio della locanda e dal bar, dove la troupe si poteva rilassare un po'.

Ora, tutto ciò che dovevamo fare, era spiegare a zia Pearl la temporanea conversione della sua scuola, ed era certo che avrebbe dato in escandescenze. Ma come era stato possibile un tale errore con gli alberghi? Si trattava di un altro dei segreti di mia madre? Oppure era dovuto a qualcosa di più oscuro, come la maledizione dei Rocklin?

CAPITOLO 8

*D*opo alcuni frenetici minuti, l'intero entourage dei McCoy aveva preso possesso delle proprie stanze. Non era stato facile. C'erano state accese discussioni su chi dovesse condividere la camera e chi no, ma Abby riuscì alla fine a risolvere tutto. Abby e la muscolosa guardia del corpo, che scoprimmo essere l'autista dei McCoy, sarebbero stati a Villa Rocklin con i McCoy, così come Jason. Devo ammettere che il piano originale, che prevedeva che Jason stesse con la troupe, mi aveva sorpreso. Forse Jason voleva mantenere un po' di distanza dalla famiglia.

Tornata in cucina, ero seduta nel tinello, impegnata a finire l'articolo su San Valentino. Mi mancava solo qualche tocco finale, ma non riuscivo a concentrarmi. Mi preoccupava la maledizione che mia madre si ostinava a negare. Forse avrei trovato qualche informazione sulla famiglia Rocklin nei vecchi numeri del Westwick Corners Weekly, oppure negli archivi storici della biblioteca. Una famiglia che abbandona tutto nel mezzo della notte sarebbe finita sul giornale in una cittadina come la nostra. Era un punto di partenza.

Avevo le dita posate sulla tastiera, pronta a digitare qualcosa nella barra di ricerca, quando sentii una folata d'aria fredda sulla testa: nonna Vi stava volteggiando sopra di me. La sua sagoma semitrasparente luccicava, avvolta in un mantello di velluto viola che seguiva i suoi movimenti. Fissava il mio portatile, appoggiato sul tavolo.

"Sto correggendo i tuoi errori, cara". Nonna Vi afferrò con entrambe le mani una matita con la gomma e la sventolò impacciata verso lo schermo. "Cen, hai ripetuto una parola nel secondo paragrafo. Sto premendo più forte che posso, ma non si cancella."

Premette così forte sullo schermo da perdere la presa e far cadere la matita sulla tastiera con un tonfo. Sventolò la mano in direzione dello schermo. "Ha funzionato! Dovevo solo premere il pulsante giusto!"

Sussultai. Lo schermo, che fino a qualche istante prima era pieno di testo, ora era vuoto. In preda al panico, schiacciai la freccia in su, e poi quella in giù. "Che diavolo... Cosa hai...?"

"Ops! Dove sono finite tutte quelle parole? Volevo solo cancellare una parola sbagliata, non tutto quanto. Scusami, Cen". Recitò un incantesimo per tornare indietro nel tempo, ma si fermò a metà frase. "Non mi ricordo l'incantesimo per far tornare tutto come prima".

"Non preoccuparti, si può risolvere facilmente". Premetti il comando 'Annulla' sulla tastiera.

Non successe nulla. Quello schermo vuoto continuava a fissarmi, immutato. "Avrebbe dovuto funzionare... L'hai salvato?"

"Salvato cosa?" Nonna Vi fissava lo schermo. "Lo sai che non amo i computer".

"Stai tranquilla, nonna. Non avevo ancora premuto il pulsante 'Salva', quindi sarei dovuta riuscire ad annullare ciò che hai fatto. Non ho idea di cosa sia successo".

Nonna Vi si accigliò. "Povere noi, è la maledizione dei Rocklin. Aggiustalo con un po' di magia. Prova con un controincantesimo".

Mi batteva forte il cuore mentre mormoravo l'incantesimo.

Niente.

Sulla mia fronte iniziarono a formarsi delle goccioline di sudore. Il mio articolo di San Valentino, il lavoro di una settimana, era stato cancellato per sempre. Cliccai sull'icona del cestino dei rifiuti del computer.

Vuoto.

Dove diavolo era finito il mio file?

Se solo non avessi procrastinato quando mi mancava appena qualche minuto di lavoro.

Imprecai sottovoce, cliccando ripetutamente sul tasto Annulla, pur sapendo che sarebbe stato inutile. Avrei dovuto poter annullare la cancellazione, oppure richiamare l'ultima versione del mio file. Eppure, non ci riuscivo: il file era sparito completamente dal mio computer. C'era sicuramente di mezzo la stregoneria.

Non quella di nonna Vi, ovviamente. Da fantasma, riusciva a malapena a fare qualche incantesimo. Aveva solo cercato di aiutarmi, non avrebbe mai volutamente sabotato il mio lavoro, e nemmeno l'avrebbe mai fatto mia madre.

Zia Pearl, invece, era un'altra storia. Le sarebbe piaciuto tantissimo far chiudere il *Westwick Corners Weekly* e costringermi a concentrarmi maggiormente sulla stregoneria. Aveva sempre sperato che la sua magica interferenza mi portasse dalla sua parte. Tuttavia, distruggere ciò a cui stavo lavorando sembrava un po' estremo anche per lei. E in città non c'erano altre streghe.

Mi massaggiai la fronte nel tentativo di alleviare il forte mal di testa che mi era improvvisamente venuto.

"Cen, prova ancora con il controincantesimo. Magari hai tralasciato una parola" disse nonna Vi.

"Tentar non nuoce". Ero dubbiosa, ma non avevo altra scelta. Feci un respiro profondo e recitai il controincantesimo, questa volta lentamente e con maggiore attenzione. Ero a metà della seconda frase, quando la porta si spalancò con tale forza, da sbattere contro il muro.

"C'è qualcosa che non va?" Zia Pearl entrò in cucina e si tolse le scarpe, lasciandole accanto alla porta. "Perché stai lì impalata, invece di lavorare?"

"Il mio file con l'articolo di San Valentino è sparito senza alcun motivo". Osservai attentamente la sua reazione.

Zia Pearl fece spallucce. "Il motivo è la maledizione dei Rocklin. Non mi sembra una grande perdita, tanto i tuoi articoli non li legge nessuno. Li potrebbero benissimo scrivere dei fantasmi".

Nonna Vi le lanciò un'occhiataccia. "I fantasmi sanno scrivere! O quantomeno, sanno dettare. Mi serve solo che qualcuno prema i tasti al posto mio".

"Non è la maledizione, e sono sicura di poterlo recuperare" risposi. "Adesso fate silenzio, devo concentrarmi".

Zia Pearl mi prese in giro con tono sarcastico: "Silenzio, si deve concentrare! Vorrei farti notare che una brava strega riesce a fare tutto in qualsiasi tipo di situazione, e non lascia che le distrazioni..."

Mi tappai le orecchie e recitai il controincantesimo, questa volta per intero. Dopo qualche secondo, lo schermo si riempì di cuoricini rossi e messaggi di San Valentino.

Tirai un sospiro di sollievo, e mi misi subito a controllare il testo. Era la mia ultima versione, intatta. "Grazie al cielo c'è tutto."

Nonna Vi si mise ad applaudire con le sue mani trasparenti. "Bravissima, Cen! Sei una strega fantastica!"

"È passabile" borbottò zia Pearl.

Nonna Vi la ignorò. "Il tuo numero di San Valentino è davvero un'ottima idea, Cen. Non vedo l'ora di leggere il resto". Nonna Vi fluttuò nuovamente sul mio portatile, leggendo i messaggi ad alta voce e afferrando di nuovo una matita.

Per evitare un altro disastro, creai per magia una copia del giornale per nonna Vi, e una anche per zia Pearl. Posai la copia per nonna Vi al centro del tavolo e la aprii sulla prima pagina dei messaggi di San Valentino. Avrebbe dovuto sollevare una tempesta di vento per girare le pagine, ma ero pronta ad aiutarla; non avrei potuto sopportare altre complicazioni.

"Non ho alcuna intenzione di leggere queste scemenze". Zia Pearl arrotolò la sua copia e la sollevò verso la mia testa. Riuscii a bloccarla prima che mi colpisse, e la posai sul tavolo.

Nonna Vi sollevò gli occhi dal giornale e si mise a ridere. "Guardate qui: 'La mia perla sei tu Pearl, con amore da Earl'. Accipicchia, chissà per chi è?"

Ci voltammo entrambe verso zia Pearl.

"Dammelo!" Le guance di zia Pearl si fecero rosso scuro. Afferrò la copia del giornale di nonna Vi dal tavolo e strizzò gli occhi per leggere i messaggi di San Valentino.

"La mia perla sei tu Pearl... che adorabile!" Nonna Vi fluttuava a qualche metro da terra, ridendo a crepapelle.

Zia Pearl mi sbatté il giornale sul petto. "Diamine Cendrine, fai proprio pena come poetessa".

"Non l'ho scritta io, è stato il tuo moroso. È l'augurio di San Valentino da parte di Earl alla sua adorata".

Zia Pearl arrossì. "Earl non farebbe mai qualcosa di così ridicolo. Le tue trovate da due soldi sono stupide quanto quel reality show".

"Perché non lo chiedi a Earl?" Sorrisi. "C'è anche un messaggio misterioso. Una pagina intera acquistata da un anonimo per sorprendere una persona speciale. Non so da parte di chi sia, né per chi sia".

Mamma entrò nella sala da pranzo. "Per chi sia cosa?"

"Un messaggio di San Valentino segreto. Un mittente anonimo ha pagato per uno spazio pubblicitario su due pagine". Indicai con il dito le pagine centrali del giornale di nonna Vi. Il carattere era grande a sufficienza per poter essere letto da una novantenne senza occhiali.

"Da parte di chi è?" chiese mia madre.

Scrollai le spalle. "Non c'era nessun nome nella busta che qualcuno ha infilato sotto la porta del mio ufficio ieri sera". Non accennai ai cinquecento dollari in contanti che c'erano dentro. Era molto di più del costo dell'inserzione, e speravo di poter restituire i soldi in eccesso.

"Ri-di-co-lo!" Zia Pearl raggiunse furiosa il piano di lavoro della cucina e si versò una tazza di caffè dalla caraffa.

Mamma si avvicinò al tavolo. "Cosa dice il messaggio?"

Aprii il giornale e lo misi al centro del tavolo, così che lo potessimo leggere tutte. "È davvero romantico, ti piacerà".

Lessi il breve messaggio ad alta voce:

Ti amo, tesoro
Ma non ho denaro
Vivo in un buco
E sono paffuto
La mia vita è poco agiata

Ma sarai la mia amata?

Senza casa né conforto
   Potrei darmi già per morto
   Ma vedrai che noi due insieme
   In questa bettola
   Staremo bene

Non vivremo di stenti
   E saremo contenti
   Una vita fortunata
   Se sarai la mia amata.

Zia Pearl sbuffò: "Ma chi è lo sfigato che scrive idiozie come questa? È orribile!"

"È così romantico" disse mamma. "Dice che lui non ha molto, ma che tutto ciò che ha è tuo. È adorabile".

"Ahi!" Nonna Vi cadde improvvisamente sul tavolo, senza più levitazione. La sua sagoma trasparente si contorceva, mentre lentamente rotolava sul tavolo e finiva sulla panca.

"Nonna, stai bene?" Focalizzai la mente e cercai di farla risollevare. Avevo fatto esercizi mentali simili in passato, perlopiù mentre praticavo la mia stregoneria. Questa volta però, la nonna non si spostava di un millimetro.

Nonna Vi annuì in modo flebile. "È la maledizione dei Rocklin. Ruby, te l'avevo detto di stare lontana da quel posto".

Mamma spalancò la bocca, scioccata, ma non disse una parola.

Improvvisamente, la stanza iniziò a tremare. Le pareti si creparono, dei piatti caddero a terra e l'aria si riempì di polvere. Faticavo a vedere l'altro lato della stanza. La nebbia scomparì altrettanto velocemente rivelando, al posto del tavolo intorno al quale eravamo radunate in precedenza, un tavolino da picnic.

Sentii sul polso una goccia d'acqua. Sollevai lo sguardo e, attraverso un buco nel soffitto, vidi il cielo. Molto strano, dato che ci trovavamo al primo piano di una locanda a tre piani. All'enorme buco nel soffitto ne corrispondevano due identici, uno al secondo piano e uno nel tetto sopra al terzo piano. Il cielo era pieno di nuvole scure che avevano appena iniziato a sputare pioggia.

Mamma sussultò: "I miei ospiti! Cosa succede se qualcuno cade nei buchi? Uno dei nostri ospiti potrebbe morire!"

Mentre guardavo in alto, in preda all'angoscia, le cuciture del mio abito si strapparono.

Zia Pearl indicò la mia pancia. "Cen! Hai appena messo su dieci chili!"

Nonna Vi parlò, la sua voce come un sussurro: "Povere noi! Cen, quella che hai letto non era una poesia di San Valentino, era una maledizione! Tutto ciò che hai letto ad alta voce ci sta accadendo ora. Non abbiamo un tetto sopra di noi, fa tutto parte della maledizione dei Rocklin."

Scossi la testa. "Si tratta solo di una coincidenza".

"Tutte le nostre peggiori paure si stanno avverando!" gridò mia madre. "Al posto della salute, della ricchezza e della felicità, siamo malate, povere e tristi. E grasse".

Mi tremava il labbro inferiore, mentre cercavo di non scoppiare a piangere. Zia Pearl si accigliò. "Ti avevo avvertito, Ruby. Ma non hai voluto ascoltare". Nessuna disse niente.

Poche parole pronunciate al momento sbagliato avevano provocato una catastrofe. La nostra locanda era danneggiata, e anche i nostri poteri magici erano minacciati. La maledizione dei Rocklin era vera, e stava già seminando distruzione. Insieme eravamo invincibili, ma separate non potevamo combatterla. Qualunque cosa fosse successa ora, avrebbe avuto conseguenze sul nostro futuro di streghe per generazioni.

CAPITOLO 9

Guardai in alto, verso il buco nel soffitto. Mamma aveva controllato ogni stanza, ma l'unica buona notizia era che tutti i nostri ospiti erano usciti per pranzo. Prima o poi sarebbero tornati, e tutto doveva essere sistemato prima che arrivassero.

Mamma era furibonda. "Ci sei tu dietro a tutto questo, Pearl. Che ti piacciano o meno gli ospiti paganti, a noi quei soldi servono. Aggiusta il tetto prima che i nostri ospiti scappino".

Zia Pearl si avvicinò al tavolo, con un'espressione molto seria. "Ruby, lo sai che non è colpa mia. È la maledizione. Ci hai messo tutte in pericolo affittando Villa Rocklin".

Afferrai la mano di mamma con la mia mano sinistra, e quella di zia Pearl con la destra. "Basta con le accuse. Ormai è troppo tardi per tornare indietro. Uniamo piuttosto le nostre forze e cerchiamo di riparare il tetto". Nonna Vi chiuse il cerchio, e recitammo all'unisono il controincantesimo.

Ci volle tutto il nostro impegno ma, dopo parecchi tentativi, riuscimmo a riportare il soffitto alle sue condizioni originali. Fatto questo, corsi alla finestra per controllare la dependance. Per fortuna sembrava a posto.

"Uffa! Sono esausta." Mi sedetti sulla panca. Avrei disperatamente voluto fare un pisolino, e non era nemmeno ora di pranzo.

"Tutto questo non ha senso" disse mamma. "Chiunque legga questa poesia ad alta voce si ritroverà con un buco nel tetto. È una maledizione per tutti".

Zia Pearl scosse la testa. "Non è vero. La maledizione funziona solo se è pronunciata da una strega. Sono stati anche molto oculati, mettendola in un giornale che nessuno legge, a parte Cen".

Le lanciai un'occhiataccia. "Cosa intendi?"

Silenzio.

"Tantissime persone leggono il mio giornale" dissi con tono difensivo. "Zia Pearl, qualcuno... dimmi di più sulla maledizione. Come posso proteggermi se non so chi è il mio nemico?"

Zia Pearl rispose in modo brusco: "Te lo dirò più tardi. Adesso dobbiamo contrastare la maledizione prima che provochi danni irreparabili".

"Non puoi invertire qualcosa che non esiste" disse mia madre.

"Vuoi scommettere?" Zia Pearl sollevò le braccia e recitò ad alta voce:

MALEDIZIONE, ti distruggerò
  E scomparire ti guarderò
  Mai più fastidio ci darai
  Vattene insieme a tutti i tuoi guai
  Questo posto proteggerò
  E per sempre ti caccerò
  I tuoi poteri sono finiti
  E per sempre saranno banditi
  Ti trasformerai da strega a mortale
  E mai più tornerai nel portale
  Pagherai per questo danno
  E i tuoi sogni moriranno
  Maledizioni mai più farai
  E nel dubbio per sempre vivrai

E ora vai via per quarantun anni
E mettiamo fine a tutti i tuoi danni.

ABBASSÒ LE BRACCIA e si fregò i palmi delle mani. "Fatto. Ora dobbiamo solo stare a vedere cosa succede".

Nonna Vi si schiarì la voce. "Adesso posso raccontare a Cen dei Rocklin?"

"No, devo essere io a spiegarle la maledizione dei Rocklin" disse zia Pearl, sedendosi accanto a me. Guardò in cagnesco nonna Vi. "Tu eri troppo coinvolta in tutta la faccenda per poterla descrivere in modo imparziale".

"Va bene, facciamo come dici tu". Nonna Vi era rossa dalla rabbia.

Zia Pearl disse, con voce malinconica: "Le nostre due famiglie, i West e i Rocklin, avevano vissuto in armonia per decenni. Ci dividevamo la sorveglianza del vortice e condividevamo addirittura pozioni e incantesimi. Tutto funzionava alla grande. Finché una strega, Eliza Rocklin, non fu assalita da un'inesauribile sete di potere.

Fino ad allora, Westwick Corners era stata una specie di utopia sovrannaturale. Praticavamo gli incantesimi alla luce del sole, i nostri giardini di erbe magiche prosperavano, e facevamo tutto quello che volevamo. Il nostro unico obbligo era quello di proteggere il vortice di energia. Andava tutto così bene, che nemmeno ce ne rendevamo conto".

Aggrottai la fronte. "Mamma, perché non mi hai mai detto niente?"

"Non pensavo che..."

Zia Pearl la zittì. "Ruby aveva solo dodici o tredici anni al tempo. Era egoista proprio come adesso. Le interessava solo cucinare dolci e occuparsi del giardino di erbe. Io ero la sorella maggiore e più saggia. Sapevo bene quali sarebbero state le conseguenze di qualsiasi passo falso. Se avessimo perso il vortice, non saremmo sopravvissute in questa cittadina. Sarei finita a fare la cameriera allo Shady Creek Café. Puoi immaginartelo?"

"Assolutamente no". Rabbrividii al pensiero di zia Pearl che serviva dei clienti aspettandosi la mancia.

"Comunque, Eliza si stava avvicinando alla trentina, ed era una strega accettabile, ma non brava quanto me. Era anche una grande manipolatrice. Pensava che, con qualche inganno, la sua famiglia avrebbe potuto avere il controllo totale del vortice. Voleva escludere la nostra famiglia. A Eliza, condividere il potere non bastava. Voleva trasformare il vortice in un parco divertimenti".

Sussultai. "La stessa cosa che ci successe qualche anno fa con Tonya Plant?" Perché le streghe sembravano ossessionate dai parchi divertimenti?

Zia Pearl annuì. "Esatto. Con la differenza che Eliza ci riuscì. Per un certo periodo di tempo, riuscì ad avere il controllo totale del vortice".

"E tu gliel'hai lasciato fare?" Era difficile immaginare che Zia Pearl avesse accettato una situazione simile.

Zia Pearl fece spallucce. "Era già una strega molto potente, Cen. Io stavo ancora imparando l'arte".

Alzai la mano. "Ma hai appena detto che tu eri una strega migliore di lei".

"Non essere pedante, Cendrine. Comunque, una volta annullati i nostri poteri, Eliza spense del tutto il vortice di energia".

"Ma come è possibile? Pensavo che il vortice fosse più forte di qualunque essere umano".

Zia Pearl sospirò. "Possiamo evitare di metterci tutto il giorno? Eliza era diabolica. Ci convinse, con l'inganno, a trasferire temporaneamente i nostri poteri a lei".

Rimasi a bocca aperta. Non potevo immaginare zia Pearl che cedeva i propri poteri, né che prendesse ordini da qualcuno. "E perché mai avete accettato?"

"Eliza ci convinse che sarebbe successo qualcosa di terribile al vortice se non avessimo ubbidito. Un trasferimento di poteri è possibile solo nelle circostanze più gravi. Eliza riuscì a convincere tua nonna che il trasferimento di poteri fosse necessario per ricalibrare il vortice. Disse che il campo energetico era guasto e che i nostri poteri interferivano con il suo funzionamento. Io non ci avrei mai creduto, ma..."

Nonna Vi la interruppe: "Pearl, sai benissimo che tu avresti fatto la stessa cosa nella mia situazione".

Mamma disse: "È tutto nel passato, ma quando Eliza ci privò dei poteri magici, fece un incantesimo per congelarli per sempre. Aveva intenzione di impossessarsi del portale e di utilizzarlo per fare soldi".

"È contro le regole della WICCA guadagnare attraverso gli incantesimi" dissi.

Zia Pearl alzò gli occhi al cielo. "Non essere così ingenua, Cen. La gente non rispetta mai le regole. Eliza era una strega criminale, intenzionata a rubare agli altri. E ci riuscì".

"E mi avete tenuto nascosto tutto questo?" Ero rossa in volto, ferita dal fatto che la mia intera famiglia mi aveva tenuta nascosta una parte così importante della nostra storia.

"Non eri pronta a sentirla" rispose zia Pearl bruscamente.

Diversamente dalla maledizione, sapevo molto del vortice. Era impossibile non sapere. Qualsiasi strega sentiva l'attrazione della forza magnetica quando si avvicinava a Westwick Corners.

Il nostro vortice non era famoso come Stonehenge o Sedona, in Arizona, tuttavia era molto conosciuto nel mondo sovrannaturale. Come tutti i vortici di energia, aumentava i poteri sovrannaturali e faceva da portale verso altre dimensioni o altri mondi.

Più ci si allontanava dal vortice, più i poteri diminuivano. La stregoneria sembrava sempre un po' più difficile a Shady Creek, e quando uscivo dalla regione la mia forza scendeva al 75%. Era invisibile quanto un'onda radio e, quando mi trovavo lontana dal suo campo, mi sembrava di fare gli incantesimi con la batteria quasi scarica. Quando tornavo a casa o mi avvicinavo a un altro vortice di energia, la batteria si ricaricava.

Aggrottai la fronte. "Eliza deve avere fallito alla fine, perché i nostri poteri ora sono intatti. Come ve li siete ripresi?"

"Fummo costrette a chiamare dei rinforzi" disse nonna Vi.

"Ne parli come di una guerra".

"Fu proprio così. Una guerra segreta, durante la quale fummo attaccate di nascosto". Nonna Vi sembrava triste. "Nessuno ci credeva, e pochi erano disposti ad aiutarci".

Mia madre cambiò argomento. "Forse voi signore avete tempo di chiacchierare tutto il giorno, ma io devo portare queste composizioni floreali a Serena. Devo anche fare la spesa per la cena di stasera, controllare i nostri ospiti al piano di sopra e preparare le colazioni di domani mattina: si chiama guadagnarsi da vivere".

"Cosa posso fare?" chiesi.

Ma mia madre non sentì. Era già nell'atrio che si infilava il cappotto.

Sembravamo delle ombre di noi stesse. Zia Pearl aveva paura. Mamma era irascibile. E io, improvvisamente, non ero più sicura di nulla. Era cambiato qualcosa in tutte noi, e non sapevo cosa fare.

CAPITOLO 10

Finii finalmente il mio articolo di San Valentino e uscii. La Porsche di Jason era ancora nel parcheggio del Witching Post. Considerai la possibilità di aspettare ancora prima di chiedere a Lucky se avrebbe fatto da fotografo, ma decisi che era meglio farlo subito. Non avevamo molto tempo per organizzare la cerimonia di rinnovo delle promesse di matrimonio di Steve e Serena. Viste le frequenze assenze di Lucky dal lavoro, questa poteva essere la mia unica opportunità.

Aprii la porta del locale ed entrai, bloccandomi nell'udire le voci di Lucky e Jason che provenivano dal bar. I due uomini continuarono a parlare, ignari della mia presenza.

"Posso fare qualsiasi cosa, basta avere il denaro". Lucky passò un panno sul bancone e ritirò la bottiglia di birra vuota di Jason.

"Quanto?" Jason estrasse il portafoglio dalla tasca posteriore dei pantaloni.

Lucky si strofinò il mento. "Dipende, ma in base a quello che mi hai detto, probabilmente lo potrei fare per diecimila".

"Mmm... ok. Quando?"

Lucky stappò un'altra bottiglia di birra e la mise sul bancone, davanti a Jason. "Non appena mi pagherai, darò inizio a tutto".

Mentre ascoltavo la loro conversazione alquanto sospetta, ripensai al curriculum presentato da Lucky quando l'avevamo assunto. C'erano dei lunghi e inspiegabili periodi di inattività nella sua storia lavorativa, e i pochi lavori elencati erano principalmente presso bar e ristoranti fast-food. Non c'era alcuna menzione di attività criminale per conto di terzi.

Mi avvicinai al bancone e tirai rumorosamente verso di me uno sgabello, per annunciare la mia presenza. Mi sedetti a poca distanza da Jason.

Lucky sembrò colto di sorpresa. "Oh, ciao Cendrine. Posso offrirti qualcosa da bere?"

"No grazie, Lucky. Sono qui per chiederti qualcosa. Possiamo parlare in privato?" chiesi.

"Non c'è bisogno, stavo andando via". Jason scosse la testa e si alzò dallo sgabello. Si rivolse a Lucky: "Ti chiamerò più tardi".

Attesi che Jason fosse fuori dalla porta e avviasse il motore della Porsche. "Lucky, ho bisogno del tuo aiuto. Una coppia di nostri ospiti è qui per rinnovare le promesse matrimoniali, e mi serve un fotografo per domani. Ti interesserebbe? È molto facile. Basta qualche foto della cerimonia, prima e dopo, niente di troppo complicato. Un paio d'ore al massimo".

Lucky scrollò le spalle. "Io? Fotografare un matrimonio? Non ho nemmeno una macchina fotografica".

"Quello non è un problema; te la fornisco io. Ti posso persino portare in macchina e poi riportarti indietro. La paga è il triplo di questa al bar". Speravo che si trattasse di un'offerta che non poteva rifiutare.

Lucky inarcò le sopracciglia. "Davvero? A dire il vero, ho un disperato bisogno di soldi. Sono indietro con l'affitto e ho già speso tutto ciò che avevo".

"Ottimo" risposi. "La cerimonia sarà intorno a mezzogiorno, ma ancora non conosco l'orario esatto. Tu presentati qui per il tuo turno come al solito, e andremo insieme con la mia auto. Troverò qualcuno che ti sostituisca al bar mentre non ci sei". Se zia Pearl non avesse accettato di sostituire Lucky, avrei tenuto chiuso il bar.

"Affare fatto!" Lucky mi sfoderò il suo sorriso smagliante. "Non vedo l'ora".

CAPITOLO 11

Tornai alla locanda per scrivere l'articolo su *I veri McCoy*. Seduta nel tinello, il mio stomaco borbottava mentre lanciavo occhiate furtive al grande cesto di muffin posato sul ripiano della cucina. Ero arrivata a metà della prima bozza dell'articolo, quando ricevetti una telefonata da parte di mia madre, che piangeva a dirotto. I suoi strilli erano così assordanti che dovetti allontanare il telefono dall'orecchio. Parlava singhiozzando, ed era difficile capire cosa stesse dicendo.

"Sono a Villa Rocklin. C'è stato un terribile incidente!" gridò mia madre. "Vieni subito!"

"Un incidente? Cosa è successo?" Alzai il volume del telefono.

Zia Pearl, che era accanto a me con gli occhi spalancati dalla paura, aveva sentito tutto. "È quella dannata maledizione!"

Alzai la mano, facendole segno di tacere, così che potessi decifrare le frasi incoerenti di mia madre.

Mamma continuava a parlare in preda ai singhiozzi: "Ho appena trovato Steve McCoy. Galleggiava nella piscina a pancia in giù. Penso che sia... morto. Non so cosa..."

Zia Pearl afferrò il telefono e si mise a gridare: "Adesso mi credi, Ruby? Vattene da lì! Siamo rovinate!"

Le strappai il telefono dalla mano. Le frasi confuse di mamma erano rese ancora più difficili da comprendere da un nuovo e strano ticchettio che disturbava la linea. "Mamma, rallenta e dimmi cosa è successo. Sai dicendo cose poco sensate".

Parlava interrompendosi continuamente per singhiozzare. "Ho provato a salvarlo. Mi sono tuffata in acqua, ho provato... a muoverlo... ma era già troppo tardi. Penso che sia... morto".

Capii che il ticchettio erano i denti di mamma che battevano dal freddo. Si era tuffata in piscina, completamente vestita, con temperature sottozero.

"Mamma, arrivo subito. Resta in linea e non fare niente fino a che non sarò lì".

Probabilmente era già ipotermica, o peggio. Corsi all'ingresso e mi infilai scarpe e cappotto. Presi dall'armadio il cappotto più pesante di mia madre e uscii.

Raggiunsi quasi correndo la mia auto nel parcheggio, parlando al telefono mentre mi muovevo. "Hai chiamato i vigili del fuoco?" Westwick Corners non era abbastanza grande da avere un servizio di pronto intervento, né di ambulanze. Tutto era gestito dai volontari dei vigili del fuoco. Quando serviva supporto extra, chiedevamo aiuto a Shady Creek, una cittadina più grande, a un'ora di distanza, ma probabilmente era già troppo tardi.

"Ho chiamato prima te. Cosa devo fare?" Mamma iniziava a parlare farfugliando, e diventava sempre più difficile comprenderla. Avrebbe dovuto chiamare per prima cosa lo sceriffo Tyler Gates, ma era andata nel panico e non aveva pensato in modo razionale.

Aprii la portiera dell'auto, con il cappotto di mamma appoggiato sulle spalle. "Ci penso io a chiedere aiuto. Tu cerca di stare al caldo fino a che non arrivo".

Zia Pearl mi raggiunse di corsa. Strappò il cappotto di mamma dalle mie spalle, mi afferrò per un polso e si mise a urlare: "Non andare in quel posto, Cendrine! Non ne uscirai viva!"

Mi liberai dalla sua presa, sorprendentemente forte, e mi misi al volante. Chiamai Tyler.

Zia Pearl imprecò sottovoce e corse verso il lato passeggero del mio fuoristrada, aprì la portiera e si sedette di fianco a me. Gettò il cappotto di mamma sul sedile posteriore. "Non puoi andare, te lo impedisco".

"Certo che vado, mamma ha bisogno del mio aiuto".

Tyler rispose immediatamente al telefono.

Mentre avviavo il motore, gli spiegai la tragica scoperta di mia madre. "Mamma è a Villa Rocklin. Ha trovato un uomo che galleggiava nella piscina, privo di vita".

"Aspetta, mando subito i pompieri". Udii il rumore del segnale statico mentre Tyler parlava nella radio portatile e una voce maschile gli rispondeva dicendo qualcosa di indecifrabile. "Ok, stanno per recarsi sul posto. Ma cosa ci fa Ruby a Villa Rocklin? Pensavo fosse abbandonata".

"Ha preso in locazione la villa e l'ha affittata ad alcuni ospiti che vengono da fuori. Probabilmente li conosci: sono i McCoy, la famiglia del reality show. Penso che mamma sia lì da sola, ma era davvero difficile capire cosa stesse dicendo. Ha detto di avere trovato Steve McCoy che galleggiava nella piscina". Mi attraversò la mente l'immagine di mia madre, nella piscina, che cercava di tirare Steve, un uomo grande il doppio di lei.

Tyler disse: "Vado là subito".

"Anch'io". Chiusi la telefonata e notai che l'auto di Jason non era più parcheggiata nel parcheggio della locanda. Era tornato a Villa Rocklin? Mamma non aveva detto nulla riguardo ad altre persone presenti. La cittadina non offriva però molte attività a un giovane arrabbiato. Guidando per qualche minuto in qualsiasi direzione, si sarebbero trovati solo campi, frutteti e vigneti, dormienti nel freddo invernale.

Jason avrebbe dovuto fornire delle spiegazioni, soprattutto se la morte di Steve si fosse rivelata molto più di un tragico incidente. Tornai con la mente alla discussione a cui avevo assistito. Fino a che punto si sarebbe spinto un figlio viziato e arrogante per ottenere ciò che voleva?

Se Jason era innocente e non sapeva ancora di suo padre, presto l'avrebbe scoperto. Così come l'avrebbe scoperto tutto il mondo. Una celebrità, annegata in piscina in una città fantasma, lontano da Hollywood. Westwick Corners stava per diventare famosa, e non per i motivi giusti.

Lancia un'occhiata a zia Pearl. "Avevi detto che non ti saresti mai avvicinata a Villa Rocklin, che è troppo pericolosa. Perché diavolo sei qui?"

"Anche un solo morto è un morto di troppo. Una situazione disperata richiede la magia più estrema, Cen. Dovremo lanciare incantesimi che vanno ben oltre le nostre capacità".

"Sono perfettamente in grado di occuparmi della situazione". A dire il vero, potevo solo sperare di tenere zia Pearl lontana dai nostri ospiti. Combattere una maledizione sulla scena di un delitto era decisamente oltre le mie capacità, e la presenza di zia Pearl avrebbe sicuramente peggiorato le cose.

Guidai lungo il nostro lungo e tortuoso viale d'accesso il più velocemente possibile, cercando di non perdere il controllo. L'auto schizzò ghiaia quando accelerai per immettermi sulla strada principale.

"Rovinerai tutto, Cendrine. Tra te e tua madre..."

"Zia Pearl, era meglio se fossi rimasta alla locanda, Lucky deve essere controllato, nel caso in cui non te ne fossi accorta".

"Non provare a liberarti di me! Avete bisogno del mio aiuto, ora più che mai. Ruby ci ha messo in questo guaio, e tu l'hai aiutata. Come al solito, io sono l'unica che può tirarcene fuori".

Discutere con zia Pearl era inutile. Notai che aveva in mano il mio telefonino.

Era piegata in avanti con la testa e stava sussurrando qualcosa nel telefono.

"A chi stai parlando?" Mi accorsi ben presto che il telefono era semplicemente un oggetto di scena per nascondere ciò che realmente stava facendo: un incantesimo.

Zia Pearl stringeva una manciata di pietre lucide nella mano sinistra e parlava sottovoce.

"Zia Pearl, basta! Stai solo peggiorando la situazione".

"Questa situazione può peggiorare ben più di così, Cendrine. Dobbiamo combattere questa maledizione con tutte le nostre forze. Steve è la prima vittima, e ce ne saranno altre".

75

CAPITOLO 12

Quando giungemmo a Villa Rocklin, il camion dei pompieri di Westwick Corners si trovava già lì, parcheggiato a lato della casa. C'era anche la Jeep di Tyler, parcheggiata davanti alla villa. Raggiunsi con il mio fuoristrada l'estremità del viale d'ingresso e parcheggiai lontana dai mezzi di soccorso. Zia Pearl saltò fuori dall'auto sbattendo la portiera quando ancora la macchina non si era fermata del tutto. Il sole invernale si rifletteva sulla sua tuta di velluto ricoperta di paillette viola, mentre lei raggiungeva di corsa la Jeep di Tyler.

Trattenni il respiro, temendo il peggio, mentre uscivo dall'auto e prendevo il cappotto di mia madre dal sedile posteriore. Chiusi la portiera e rincorsi zia Pearl. Mentre correvo, udii delle voci maschili provenire dall'altra parte della grande siepe di alloro che separava il cortile anteriore da quello laterale e dalla piscina. Si trattava probabilmente dei vigili del fuoco che cercavano freneticamente di rianimare Steve.

Tyler uscì dalla Jeep; parlava al telefonino. Non indossava l'uniforme, ed era vestito in modo casual, con una camicia di flanella, dei jeans e degli scarponcini. Si fermò, con il giubbotto in mano, prima di rimetterlo nella Jeep. I nostri occhi si incontrarono per un istante, prima che lui si voltasse verso zia Pearl, che l'aveva raggiunto alla velocità di uno scattista olimpico.

Zia Pearl era grande la metà di Tyler, tuttavia gli afferrò il braccio con tale forza da fargli cadere il telefono.

Si rivolse a lui quasi gridando: "Ti conviene risolvere questa situazione in fretta, sceriffo: stanno per esserci altri morti".

Tyler si piegò per raccogliere il telefono, quindi si rivolse a zia Pearl: "Non ho molto tempo da perdere. Hai delle informazioni utili che desideri condividere, Pearl?"

Sceriffo, dov'è Ruby?" Zia Pearl si guardava intorno.

Tyler si avvicinò alla Jeep e aprì la portiera dal lato passeggero. "È seduta lì".

Mia madre sollevò la testa e ci fece un debole cenno di saluto. Stava piangendo.

Zia Pearl corse verso di lei e la tirò fuori dalla Jeep. "Ruby, devo darti una controllata, devo assicurarmi che tu sia illesa".

Aiutai mia madre a infilarsi il cappotto, proprio mentre due vigili del fuoco emergevano dal lato della casa e si avviavano lentamente verso il camion dei pompieri. La loro mancanza di urgenza poteva significare una cosa sola: Steve era già morto.

Mi schiarii la voce. "Steve McCoy è davvero...?"

I due uomini abbassarono lo sguardo, evitando il mio.

"È morto" disse il più anziano dei due.

Tyler mi toccò il braccio. "Sta per arrivare il medico legale".

Il medico legale stava a Shady Creek, a un'ora di distanza, e la mia telefonata a Tyler era avvenuta solo qualche minuto prima. Ci sarebbe voluto un po' prima che arrivasse. Mentre guardavo i vigili del fuoco che lentamente rimettevano via le attrezzature, una sensazione di terrore mi si formò in fondo allo stomaco. Forse nonna Vi e zia Pearl avevano ragione riguardo alla maledizione dei Rocklin. Le probabilità di annegare in una piscina all'aperto in pieno inverno erano molto ridotte.

Al contrario, nuotare in queste condizioni era davvero insolito. Steve aveva parlato dell'intenzione di nuotare nella piscina all'aperto, nonostante le temperature rigide. Ciò faceva pensare che fosse andato in piscina di sua spontanea volontà, e che il gelo gli avesse potuto causare un infarto o un altro malore, nonostante fosse in salute. Personalmente, facevo fatica a immergere un dito in una piscina coperta e riscaldata, e non riuscivo a immaginare un allenamento che prevedesse di immergersi nell'acqua gelida in pieno inverno.

Non riuscivo tuttavia a togliermi dalla testa il sospetto che si trattasse di un omicidio. C'era qualcosa di strano, sebbene non riuscissi a dire esattamente cosa.

D'ora in poi, Westwick Corners sarebbe stata celebre come il luogo in cui una metà de *I veri McCoy* era morta prematuramente. Sebbene Steve McCoy non fosse il primo villeggiante a morire nella nostra cittadina, sarebbe probabilmente stato l'ultimo. Nessuno sarebbe mai più venuto qui dopo la diffusione di questa notizia; il tasso di mortalità dei nostri turisti era incredibilmente alto.

L'impresa familiare dei West, così come il business del turismo della cittadina, costruiti con molta fatica nel corso degli anni, erano destinati a fallire per sempre. Tuttavia, i reality show erano la prova che persino le cattive notizie portavano notorietà, e la notorietà era meglio dell'anonimato.

Tyler mi toccò la spalla e indicò un punto qualche metro più in là, lontano da orecchie indiscrete. Si schiarì la voce: "Quello che dice Ruby non ha senso. Afferma di essere la proprietaria di questo posto. Da quando, Cen? Non ne ha mai parlato".

Arrossii, mentre cercavo di decidere quanto potessi raccontargli. "Ecco... ne è entrata in possesso di recente. Non ricordo la data esatta".

"Non hai mai detto..."

Lo interruppi alzando la mano. "Ce l'ha detto solo questa mattina".

Tyler alzò le sopracciglia, poco convinto dalla mia risposta brusca. "Ruby dice sempre che la locanda ha problemi economici. Questa villa deve essere costata una fortuna. Come se l'è potuta permettere?"

Mi morsi le labbra, mentre dibattevo quanto rivelare riguardo al progetto di mia madre. "Ha detto che è stato un grande affare, e che ha dovuto fare un sacco di lavori di restauro. Non ce lo voleva dire perché zia Pearl è convinta che questo posto sia maledetto". Tyler sapeva che eravamo delle streghe, ma non mi sembrava il caso di entrare nei dettagli della maledizione. Inoltre, non sapeva nulla di nonna Vi, quindi non la nominai. Vivere con il fantasma di una nonna era al di fuori di qualsiasi logica, e Tyler in questo momento aveva già troppo a cui pensare.

Tyler annuì. "Quale persona sana di mente nuota con temperature sotto zero nel mezzo dell'inverno?" Un annegamento accidentale in una piscina all'aperto a febbraio sembra alquanto inverosimile. Per una volta, sono d'accordo con Pearl. Forse questo posto è davvero maledetto".

Dopo avere raccontato a Tyler i discorsi di Steve sul nuoto, mi guardai intorno alla ricerca di zia Pearl, ma era sparita, così come mia madre. Mi voltai verso Tyler. "Va bene se vanno in giro senza supervisione?"

"Assolutamente no. Devono essere andate alla piscina". Mi fece segno di seguirlo.

"Non pensi che sia stato un incidente, vero? Steve ha detto a me e a mia mamma che nuotava tutti i giorni".

Tyler alzò le spalle. "È troppo presto per trarre delle conclusioni. Perché sospetti qualcosa di diverso da un incidente? Sai qualcosa che io non so?"

Gli raccontai brevemente la discussione tra i McCoy a cui avevo assistito, e anche la conversazione tra Lucky e Jason al bar. "Non so cosa dire. I McCoy hanno detto di avere scelto Westwick Corners perché è lontana dagli occhi di tutti. Hanno affermato che il viaggio era un segreto".

"Questo riduce la possibilità che la piscina sia da considerarsi sospetta. E riduce anche il numero dei testimoni all'omicidio, se è questo che intendi".

Aggrottai la fronte. "Anche le grandi star come i McCoy hanno probabilmente dei fan pazzi, magari anche degli stalker. Persino se i McCoy non avessero detto a nessuno del loro rifugio segreto, qualcuno potrebbe averli seguiti fino a Westwick Corners. E un'altra cosa: i McCoy erano qui con una piccola troupe; sono arrivati tutti alla locanda questa mattina".

Tyler si strofinò il mento con aria pensosa. "Faranno delle riprese qui?"

"Steve e Serena l'hanno chiamata una vacanza, ma sai bene come funziona un reality show. Riprendono ogni minuto della giornata e ci guadagnano soldi. Forse un membro della troupe scontento ce l'aveva con Steve?"

"Cen, hai già deciso che si tratti di un omicidio, ma stai traendo conclusioni affrettate. Il medico legale non ha nemmeno ancora esaminato il cadavere. Perché un membro della troupe dovrebbe uccidere metà della coppia che con il suo reality show gli paga lo stipendio? Se lo spettacolo venisse sospeso, perderebbe il lavoro".

"Non so, è solo un sesto senso".

Ci fermammo al cancello, che nel frattempo era stato chiuso.

Tyler aprì il cancello, fissato saldamente ad un lato della casa e costeggiato da una siepe di alloro alta più di un metro dall'altro lato. L'altezza della siepe garantiva privacy mentre si nuotava o si prendeva il sole, oltre a consentire a chiunque si trovasse nei suoi pressi di vedere sia il cortile anteriore che quello sul retro.

"Pearl ti ha agitato" disse Tyler. Dopo avere attraversato il cancello, vedemmo mamma e zia Pearl in piedi accanto alla siepe, vicino alla piscina. Tyler puntò un dito in loro direzione: "Non muovetevi, nessuna delle due, a meno che non ve lo dica io".

Mamma annuì scusandosi, mentre zia Pearl lo ignorò. Si dondolava sui piedi, come in trance, parlando a bassa voce. Nonostante mi trovassi solo a qualche metro di distanza, non riuscivo a distinguere le sue parole. Ma non avevo bisogno di sentirle, perché riconobbi subito la cadenza di un incantesimo. Era ormai troppo tardi per un incantesimo di protezione, ma zia Pearl forse pensava che valesse la pena provarci. Ripeté l'incantesimo tre volte, ma senza alcun effetto.

Pestò i piedi come una bambina in presa a uno scatto d'ira. "Mannaggia! Hai visto cosa hai combinato, Ruby? I miei poteri sono completamente evaporati, di punto in bianco!" Zia Pearl fece schioccare le dita, ma non fecero alcun rumore. "Persino le mie dita non schioccano più".

Tyler sospirò, chiaramente scocciato. "Cen, riportiamole fuori. E qualsiasi cosa fai, non guardare..."

Ma era troppo tardi; mi ero già voltata a guardare. I miei occhi si posarono su una barella accanto alla piscina. Era completamente coperta da un telo di plastica, ma si distingueva chiaramente la sagoma di un corpo. Sussultai.

Tyler mi appoggiò un braccio sulla spalla e mi fece girare verso di lui. "Adesso abbandoneremo la scena così da non inquinare alcuna prova".

Zia Pearl uscì dal suo trance e imprecò: "Siamo rovinate, tutte quante!"

Sussurrai a Tyler: "Zia Pearl pensa che la morte di Steve sia dovuta a una maledizione contro la nostra famiglia. Spero davvero che ci sia una spiegazione più logica, così da farla smettere con questa storia della maledizione. Temo che farà qualcosa di estremo".

"La tua spiegazione logica sembra andare dritta all'omicidio" disse Tyler. "Potrebbe trattarsi semplicemente di un tragico incidente".

"Magari è così, ma tu indagherai a fondo, vero?" Se si fosse trattato di un incidente, zia Pearl avrebbe dato la colpa alla maledizione. Se si fosse trattato di un omicidio e l'assassino fosse stato catturato, allora ci sarebbe stata un'altra spiegazione per la tragica morte di Steve.

"Certamente. Devo prendere in considerazione qualsiasi possibilità. Se si trattasse di omicidio, e non sto dicendo che lo sia, sarebbe probabilmente una questione personale. Una piccola cittadina, lontana da occhi indiscreti. Qualcuno che vuole farla franca..."

Ripensai a Jason. Quando ero partita, la sua auto non era più al Witching Post. Era furibondo con Steve e Serena, e la sua conversazione con Lucky mi era sembrata sospetta. Jason era arrabbiato e viziato, ma sarebbe arrivato a uccidere suo padre?

"Forza, andiamo a sederci tutti nella mia Jeep mentre aspettiamo il medico legale e la polizia di Shady Creek". Tyler fece segno a tutte noi di seguirlo. Mamma salì sul sedile davanti, mentre io mi sedetti di dietro con zia Pearl, che aveva già afferrato la giacca di Tyler dal sedile. Zia Pearl batteva i denti, mentre si infilava l'enorme giacca di Tyler e infilava le mani nelle tasche.

Tyler mise il riscaldamento al massimo e si voltò verso mia madre, seduta accanto a lui. "Ruby, ricomincia dall'inizio. Cosa è successo?"

Mia madre batteva i denti mentre parlava. "Sono venuta qui per lasciare a Serena delle idee di composizioni floreali a cui dare un'occhiata. E avevo anche alcune altre idee per la cerimonia da discutere. Steve e Serena stanno per rinnovare le promesse di matrimonio, sai?" Fissava Tyler, e allo stesso tempo lanciava occhiate a me dallo specchietto retrovisore.

Alzai gli occhi al cielo davanti alle palesi allusioni al matrimonio da parte di mia madre. Mi sembrava fuori luogo e di cattivo gusto, considerate le tristi circostanze che ci avevano portato qui.

Tyler, apparentemente incurante delle allusioni di mia madre, disse: "Ok, e poi cosa è successo?"

"Steve mi ha invitato a entrare, dicendomi che Serena era fuori a fare compere e che lui stava per andare a farsi una nuotata. Mi ha detto di lasciare le proposte di composizioni floreali in cucina, cosa che io ho fatto. Ho lasciato un biglietto a Serena e ho chiuso il rubinetto dell'acqua calda in cucina, perché stava gocciolando. Poi sono uscita. Ma mentre me ne stavo andando, mi sono ricordata che dovevo anche confermare il menù. Ho chiamato Steve e, siccome non mi rispondeva, sono uscita a cercarlo in piscina: è stato lì che l'ho trovato". Mamma scoppiò a piangere.

"Per quanto tempo sei stata nella casa prima di iniziare ad andartene?" chiese Tyler.

Mamma rispose con il labbro inferiore che tremava: "Solo circa cinque minuti. Non posso ancora credere che fosse vivo qualche minuto prima e poi..."

"Bastano pochi secondi per annegare". Zia Pearl estrasse una mano dalla tasca della giacca di Tyler. Aprì il palmo, rivelando la scatolina di un anello.

Spalancai gli occhi, sconvolta. Le sussurrai minacciosa: "Rimettila via!"

Zia Pearl fece un sorriso malizioso. Rimise la mano nella tasca della giacca, ma poi la tirò fuori di nuovo. Questa volta aprì la scatola, mostrando un bellissimo anello con un diamante, quindi richiuse velocemente la scatola.

Sussultai. Per fortuna, Tyler era concentrato su mia madre e non si accorse di ciò che stava succedendo sul sedile posteriore.

Le parole di mamma erano interrotte dai singhiozzi. "Ho fatto tutto quello che potevo... mi sono tuffata in piscina per tirare fuori Steve. L'ho afferrato per il braccio e ho cercato di portarlo sul bordo della piscina, ma l'acqua era così fredda che le mie mani si sono congelate. Ho cercato di fargli la respirazione bocca a bocca, ma nel mezzo della piscina era impossibile. Ho fatto del mio meglio, ma è un uomo robusto. Era troppo pesante per tirarlo fuori dalla piscina".

Dissi una cosa ovvia: "Avresti potuto usare un incantesimo".

Mamma fece un sospiro. "All'inizio ci ho provato, ma non è successo niente. Tutti i miei poteri erano scomparsi".

Tyler si accigliò. "Hai chiesto aiuto?"

"Si" mormorò mia madre. "A dire il vero, ho gridato, ma nessuno mi ha risposto. Non ho visto né udito nessuno: ero completamente sola".

"Ti avevo avvertito". Zia Pearl mi diede una gomitata nelle costole.

"Ehi!" Mi piegai in avanti, in preda al dolore. Non avevo fatto nulla per meritarmi una tale punizione, ma apparentemente ero il bersaglio più a portata di mano, poiché mia madre era al sicuro, seduta sul sedile anteriore.

Zia Pearl mi diede uno spintone. "Adesso mi credi, Cen? Non avremmo mai dovuto mettere piede in questo posto. Se ce ne andiamo adesso, magari non è troppo tardi per annullare le azioni di Ruby e riprenderci i nostri poteri magici".

Mentre mi allontanavo da zia Pearl, il bottone dei miei pantaloni si staccò: ingrassavo a vista d'occhio.

Zia Pearl fece una risatina: "Cicciona".

Imprecai sottovoce.

"Nessuno andrà da nessuna parte finché non lo dirò io". Tyler schiacciò il pulsante del blocco delle porte della Jeep, come per ribadire il suo ordine.

Il piano di mia madre per fare più soldi era davvero maledetto, e sembrava che lo fossi anch'io. Zia Pearl aveva rubato l'anello di fidanzamento di Tyler e sembrava decisa a sabotare la sua proposta di matrimonio. La situazione stava rapidamente peggiorando. Eravamo delle streghe senza poteri magici, e l'unica cosa che aumentava era il mio girovita.

Cos'altro poteva ancora andare storto?

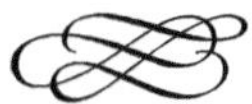

CAPITOLO 13

Dopo che mia madre ebbe raccontato più volte la sequenza degli eventi, Tyler le chiese di tornare con lui alla piscina. Mia madre esitò, insistendo affinché io e zia Pearl la accompagnassimo. Tyler fece promettere a me e a zia Pearl che non avremmo toccato niente. Seguimmo Tyler e mamma attraverso il cancello laterale che conduceva all'area della piscina.

La nostra presenza sulla scena di un decesso era peculiare, ma altrettanto lo era la strana trasformazione di mia madre. Parlava in modo sempre più incoerente, e inciampava mentre camminava. A Tyler serviva la testimonianza di mia madre mentre ancora gli eventi erano freschi nella sua memoria, ma gli serviva anche il nostro aiuto, dato il peggiorare delle sue condizioni.

Mia madre diventava sempre più agitata, anche a causa di zia Pearl, che l'accusava di avere 'svegliato' la maledizione. Cercai di impedire a zia Pearl di peggiorare ulteriormente la situazione, ma era determinata a strappare una richiesta di perdono a mia madre.

Tyler ci fece cenno di rimanere accanto al cancello, mentre lui accompagnava mamma verso la piscina. Si voltò e alzò una mano: "Non muovetevi, e per favore non curiosate in giro".

Ovviamente, curiosare fu la prima cosa che facemmo, non appena

Tyler si voltò dall'altra parte. Seguii zia Pearl. Era ridicola, con la giacca di Tyler che era almeno dieci taglie più grandi della sua. Aveva arrotolato le maniche, ma il bordo della giacca le arrivava praticamente alle ginocchia.

Il cestino dei muffin di mamma era per terra capovolto, vicino al bordo della piscina. Una scia di muffin conduceva alla piscina, dove almeno tre muffin galleggiavano come isolotti sull'acqua.

Zia Pearl mi afferrò per il polso, con una morsa che mi fece male. "Ti fa quasi passare l'appetito, vero Cen?"

"Ahi!" Mentre scrollavo il braccio per liberarmi dalla sua presa, notai un movimento fulmineo accanto a me. Allungai un braccio per afferrare zia Pearl, ma era già troppo tardi. Nel giro di pochi secondi, era già arrivata alla piscina.

"Torna qui!" cercai di farmi sentire, pur tenendo la voce bassa.

Mi ignorò.

Mamma e Tyler ci davano le spalle, e si stavano già avviando verso le portefinestre della casa. Parlavano fitto, ignari di ciò che stava facendo zia Pearl.

Corsi verso la piscina e le bisbigliai arrabbiata: "Zia Pearl, vieni via dalla piscina!"

Mamma e Tyler non si stavano minimamente accorgendo della disubbidienza di zia Pearl. Mamma ripercorreva i suoi passi mentre raccontava lo svolgersi degli eventi.

Zia Pearl, continuando a ignorarmi, si inginocchiò al bordo della piscina. Immerse una mano nell'acqua, bagnando la manica della giacca di Tyler. Nel palmo nella mano, teneva l'anello di fidanzamento.

"Cosa stai facendo?" sibilai.

Si alzò barcollando, quasi perdendo l'equilibrio, quindi aprì la mano e prese l'anello tra l'indice e il pollice. Lo mise in controluce e strinse gli occhi per vederci meglio. "Mi chiedo se sia vero?"

"Certo che è vero, rimettilo al suo posto!" Corsi verso di lei e le afferrai l'altra mano. La tirai, cercando di allontanarla dal bordo della piscina. "Vieni via dalla piscina o..."

"O cosa, Cendrine? Sei un pesce fuor d'acqua, e lo è anche lo sceriffo. Ci troviamo davanti a una maledizione mortale, e il tuo ragazzo non è all'altezza della situazione". Si liberò dalla mia presa e si inginocchiò nuovamente a bordo della piscina. Immerse un braccio nell'acqua e creò dei movimenti circolari con la mano, dando vita a una corrente che facesse galleggiare i muffin fino a lei.

Sussultai. "Zia Pearl! Sei troppo vicina, rischi di cadere".

Come se lo facesse apposta, zia Pearl si avvicinò ancor più pericolosamente al bordo.

"Zia, allontanati da lì!"

"Devo eliminare le nostre tracce".

"Quali tracce?" Mi lanciai verso di lei, le afferrai il braccio sinistro e la tirai indietro. Inciampò dietro di me, cadendo a qualche metro dalla piscina. Purtroppo, anch'io persi l'equilibrio. Mentre cadevo in avanti, la mia mano destra toccò l'acqua della piscina.

"Cendrine! Hai contaminato la scena!" Zia Pearl si era già rialzata in piedi, con sorprendente agilità. Si strofinò le mani per togliere la brina del bordo della piscina.

Le sue mani erano vuote; non c'era traccia dell'anello di fidanzamento.

"Dov'è l'anello? L'hai rimesso in tasca?" Ero ancora a terra, e facevo fatica a risollevarmi a causa del mio girovita in espansione e del cemento ghiacciato.

Zia Pearl sospirò. "È tutto sotto controllo. Ho fatto ciò che dovevo fare per salvarci. Ho dovuto far scomparire qualsiasi traccia, così che i Rocklin non..."

Sussultai. "L'anello non ha niente a che fare con tutta quella storia. Dov'è?"

"Ehi, andate via di lì!" Tyler stava correndo verso di noi, con un'espressione scocciata sul volto. Mia madre lo seguiva, battendo i denti.

Mi rotolai all'indietro, e sentii immediatamente il cemento gelido attraversare i miei vestiti. Mi misi in posizione seduta e scrollai l'acqua dalla mano, che già formicolava a causa del freddo glaciale. Mi sarei aspettata un po' più di calore da una piscina riscaldata, persino se all'aperto e in una fredda giornata di febbraio. Mi feci forza per sollevare il mio sedere, ormai intorpidito a causa del cemento gelido, e mi alzai. Steve era pazzo a nuotare in questo clima.

Tyler mi allungò una mano e mi aiutò ad alzarmi. "Cos'è successo?"

"Zia Pearl stava per..."

Mia zia fece un sorriso malizioso, con le braccia incrociate. "Ho detto a Cen di rimanere al cancello, ma non mi ha dato retta. È scivolata sul cemento ghiacciato e ha perso l'equilibrio. Per fortuna, sono riuscita a fermarla prima che cadesse in acqua e facesse la stessa fine di quel tizio". Puntò il dito verso la barella.

La incenerii con lo sguardo.

"Non posso lasciarvi sole per un secondo, senza che succeda una catastrofe". Tyler fece segno con il dito verso il cancello. "Pearl, accompagna Ruby alla macchina di Cen e falla scaldare. Cendrine, tu vieni con me".

Afferrai il braccio di zia Pearl e le sussurrai: "Hai l'anello in tasca, vero?"

"Forse".

"Puoi almeno controllare?" Mi sentivo male al pensiero dell'anello sul fondo della piscina. L'anello era stato nella giacca di Tyler sin dall'inizio? Oppure zia Pearl l'aveva trovato nella Jeep? Non pensavo che sarebbe stata in grado di fare qualcosa di così estremo, ma allo stesso tempo non potevo immaginare che Tyler potesse essere così incurante da lasciare un costoso anello di diamanti nella sua giacca.

Non c'era altro che potessi dire o fare davanti a Tyler, dato che in teoria non avrei dovuto sapere niente dell'anello. Lanciai le mie chiavi a Zia Pearl. "Metti il riscaldamento al massimo. Nel bagagliaio ci sono una coperta e dei vestiti di scorta".

Zia Pearl appoggiò le mani sui fianchi. "Perché Cendrine può rimanere?"

"Vai" Tyler le intimò. Attese che zia Pearl fosse dall'altra parte del cancello e poi si voltò verso di me: "Cosa diavolo ti è passato per la testa?"

"Mi dispiace. Tutto d'un tratto, zia Pearl era ai bordi della piscina. Ha perso l'equilibrio e pensavo che stesse per cadere, quindi l'ho afferrata, e invece l'equilibrio l'ho perso io". Guardavo in basso, imbarazzata. Avevo persino lasciato l'impronta del mio sedere sul bordo ghiacciato della piscina.

Tyler si strofinò la fronte. "Combina guai ovunque vada. Avrei dovuto fare più attenzione. Qualcosa... non ricordo cosa... mi ha distratto. È strano... non mi sento a posto".

"Neanch'io mi sento benissimo". I miei pensieri sembravano vagare, e faticavo a concentrarmi sul presente. Tutto sembrava nebbioso, come in un sogno ad occhi aperti, seppur angosciante. Forse la maledizione era vera, dopo tutto.

"Ehi!" Una voce maschile tuonò alle nostre spalle.

Mi voltai, e vidi Lucky al cancello.

Corsi verso di lui e gli impedii di procedere. "Non puoi andare oltre. Perché sei qui? Dovresti essere al lavoro, al bar del Witching Post".

Lucky aggrottò la fronte: "No, mi hai detto di venire qui a fare delle foto. Cen, ti ho aspettata al bar per più di un'ora: ti sei dimenticata di venire a prendermi".

"Le foto erano domani, non oggi". Non solo Lucky aveva sbagliato giorno e orario, ma ero abbastanza sicura di non avergli fornito alcun dettaglio a riguardo. Di certo non gli avevo dato l'indirizzo, poiché l'avrei portato qui io. Non gli avevo mai detto che la cerimonia si sarebbe tenuta a Villa Rocklin. Glielo potrebbe avere detto Jason, ma nemmeno lui sapeva del rinnovo delle promesse di matrimonio. A detta di Steve e Serena, io e mia madre eravamo le uniche al corrente del segreto. "Chi si sta occupando del bar?"

"Immagino Pearl. Sono sicuro che mi hai detto che era per oggi".

Feci un respiro profondo per calmarmi. Lucky era riuscito a fare casini anche con le semplicissime istruzioni che gli avevo dato meno di un'ora prima: domani, alla una, al Witching Post, da confermare. Era davvero così stupido, oppure c'era sotto qualcos'altro? Ripensai alla conversazione che avevo ascoltato al bar tra Lucky e Jason. Ovviamente non potevo esserne certa, ma sembrava quasi illegale. La presenza di Lucky era qualcosa di più pericoloso di un semplice errore?

"No, sono sicura di averti detto 'domani'. Pearl è stata qui con me tutto il tempo, quindi non può averti detto nulla. Hai almeno chiuso a chiave il bar prima di andartene?"

Lucky non rispose. Si voltò e guardò in lontananza, evitando di incontrare il mio sguardo. Dalla sua espressione accigliata, capii che non aveva fatto nessuna di queste cose. Mia madre aveva ragione: assumerlo era stato un errore costoso.

"C'è stato un cambio di programma, e non ci serve più un fotografo" dissi. Gettai lo sguardo verso la siepe che circondava la piscina. Ora che metà della coppia era morta, di sicuro il rinnovo delle promesse di matrimonio non ci sarebbe stato.

"Sei sicura che non fosse oggi?"

Voleva avere ragione a tutti i costi.

"Sono sicura, Lucky. Ti avrei dato un passaggio, ricordi? Non importa. La cerimonia è stata cancellata".

Guardai verso il parcheggio, ma non c'era traccia del furgoncino Ford di Lucky. Come fosse arrivato alla villa senza un veicolo, e senza che io gli avessi dato un indirizzo, era un mistero.

Ero così arrabbiata con Lucky, che mi passò per la testa di fargli un incantesimo. Un incantesimo mi avrebbe consentito di confermare la tesi di mamma che i suoi poteri fossero scomparsi quando aveva tentato di salvare Steve. Tuttavia, mi sembrava poco etico, quindi decisi di non farlo.

Lucky stava guadando oltre le mie spalle, verso la piscina. Poi si voltò per guardare i camion dei pompieri e la Jeep di Tyler nel parcheggio. Indicò la barella: "Quello è il tipo che si doveva sposare? Sembra che ci abbia ripensato".

CAPITOLO 14

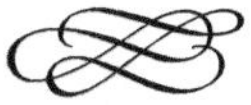

Ho un ricordo annebbiato delle ore successive. Zia Pearl portò a casa Lucky con la mia auto. Il medico legale e la polizia di Shady Creek arrivarono poco dopo. Secondo la valutazione preliminare del medico legale, la causa della morte di Steve McCoy sembrava essere l'annegamento, ma andava confermata. Un'autopsia avrebbe determinato se fosse presente dell'acqua nei suoi polmoni, il che avrebbe significato che era vivo quando era entrato in acqua. Non si sapeva ancora se la sua morte fosse stata accidentale, un omicidio o qualcos'altro. Si sarebbe saputo solo dopo l'autopsia. Determinare la causa di un decesso poteva essere difficile. La presenza o assenza di altre lesioni, così come le prove presenti sulla scena, avrebbero dovuto essere analizzate e valutate.

Date le circostanze poco chiare, come precauzione furono convocati gli esperti della scientifica di Shady Creek per raccogliere eventuali prove ed escludere, o dichiarare, un omicidio. La morte di Steve era stata un tragico incidente, oppure un omicidio, o forse la causa era un'altra ancora, magari la maledizione dei Rocklin?

In piedi davanti al cancello della piscina, avevo i brividi per colpa del mio sedere congelato e dolorante. Guardavo la scena da lontano, in preda all'ansia. Nutrivo una lieve speranza che, se un anello di fidanzamento fosse davvero caduto nella piscina, la polizia l'avrebbe trovato. Ma c'era anche la possibilità che fosse scomparso per sempre. Quel pensiero mi terrorizzava. Inalai l'aria fredda e cercai di calmarmi, mentre aspettavo che Tyler finisse di parlare con gli esperti della scientifica di Shady Creek. Sembravano pronti ad andarsene, senza alcun ritrovamento di un anello di diamanti. Il medico legale stava già tornando a Shady Creek con il corpo di Steve, per l'autopsia.

Non ero convinta che la morte di Steve fosse stata un incidente, ma nemmeno credevo che si trattasse della maledizione dei Rocklin. Sembravano entrambi scenari sbagliati, tuttavia con la mente così confusa, non riuscivo a spiegarmi perché la pensassi in quel modo. Non ero ancora pronta a condividere i miei timori con Tyler.

A parte la bizzarria di voler nuotare all'aperto in una gelida giornata di febbraio, c'erano altre cose che mi turbavano. Per terra, intorno alla piscina, c'era ancora un sottile strato di brina dalla notte precedente. L'impronta del mio sedere era ancora visibile sul cemento, così come le impronte della polizia, tutte racchiuse in una zona ben contrassegnata. Mi resi conto che, prima dell'arrivo della polizia, intorno alla piscina non c'erano altre impronte, incluse le eventuali impronte lasciate da Steve. Le uniche impronte visibili erano quelle di mia madre, distinguibili grazie alle piccole dimensioni dei suoi piedi, ma anche dalla suola caratteristica dei suoi zoccoli.

Steve era in forma, ma era un uomo robusto, abbastanza pesante da lasciare tracce sul cemento coperto di brina. Le sue impronte avrebbero dovuto rimanere visibili per ore. Io e mia madre gli avevamo parlato dentro la villa solo poche ore prima. Poi lei l'aveva rivisto, pochi minuti prima di trovarlo che galleggiava in piscina. Se non aveva camminato fino alla piscina, come ci era arrivato?

Forse qualcuno ce l'aveva portato? Mi sembrava strano, perché ci sarebbero voluti due uomini forti per trasportarlo. Tuttavia, mia madre sosteneva di non avere visto né sentito nessuno in casa.

La porta sul retro era chiusa, sebbene non a chiave e, durante la perquisizione della villa, la polizia di Shady Creek non aveva trovato nessuno. Jason aveva litigato con Steve. Da quanto tempo Jason aveva lasciato il parcheggio del Witching Post prima che mi accorgessi che la sua auto non c'era più? La partenza di Jason intorno all'ora della morte di Steve introduceva la possibilità che fosse coinvolto. Dove era andato Jason dopo avere lasciato il Witching Post? Gli unici posti aperti erano il supermercato, il negozio di abbigliamento femminile e una caffetteria, tutti posti poco interessanti per un tipo come Jason. Magari era solo andato a farsi un giro in macchina; in ogni caso, non aveva un alibi.

Ripensai alla strana conversazione tra Jason e Lucky. Aveva detto a Lucky dove stavano Steve e Serena? Se così fosse, perché aveva svelato a uno sconosciuto il luogo super segreto dove si trovavano i McCoy? La confusione di Lucky in merito alle date era patetica. Si trattava di una bugia inventata sul momento per giustificare la sua presenza alla villa e sulla scena del crimine? Neanche Lucky aveva un alibi e, ancora più importante, non aveva nemmeno un motivo per essere lì.

I miei pensieri furono interrotti da un rumore di pneumatici che schiacciavano la ghiaia. Mi voltai e vidi un grande fuoristrada Mercedes bianco percorrere il viale e poi scomparire dalla vista per raggiungere l'ingresso della villa.

Mi avvicinai a Tyler e posai una mano sul suo braccio per avvertirlo. "Serena McCoy, la moglie di Steve, è appena arrivata" gli sussurrai.

CAPITOLO 15

S erena scese dal sedile posteriore della Mercedes. Attraversò il vialetto e raggiunse me e Tyler, in attesa fuori dal cancello della piscina. Si era cambiata e indossava un paio di costosi jeans ricamati e degli stivaletti di pelle al polpaccio. Sotto alla lunga pelliccia di volpe, si intravedeva un maglione di angora bianco. Era sempre impeccabile, in televisione come in privato, ma stavamo per darle una brutta notizia.

Indicò, con un'espressione confusa sul volto, le auto della polizia e dei vigili del fuoco parcheggiate davanti alla villa. "Cosa sta succedendo? Perché ci sono tutte queste macchine?"

"Tyler, questa è Serena McCoy". Sembrava stupido presentargli un personaggio famoso in tutto il mondo. Tutti sapevano chi fosse Serena, incluso Tyler: non aveva bisogno di presentazioni.

Tyler si schiarì la voce. "Signora McCoy, temo di avere delle brutte notizie".

Serena si voltò di scatto, cercando con gli occhi se mancasse qualcosa. Non vedendo nulla di ovvio, incrociò le braccia e imprecò a bassa voce. "Cos'ha combinato Jason questa volta? Quel ragazzo è così viziato. Pagherò qualsiasi riparazione, ma per favore non dite..."

"Signora, non si tratta di Jason". Tyler parlava con un tono impassibile. "Entriamo e le spiegherò tutto".

Serena annuì. "Steve lo sa già?"

"È proprio di questo che devo parlarle, signora McCoy". Tyler la prese per un braccio. "C'è stato un incidente. Suo marito è morto".

* * *

QUALCHE ORA PIÙ TARDI, dopo una breve tappa a casa per metterci degli abiti asciutti, io e mamma tornammo a Villa Rocklin. Secondo Tyler, Serena aveva insistito che fossimo presenti.

Dietro richiesta di Tyler, la polizia di Shady Creek aveva perquisito la villa e raccolto delle prove. In quanto unico rappresentante della legge della nostra cittadina, Tyler dipendeva molto dall'aiuto della più grande Shady Creek. Tuttavia, l'indagine vera e propria e le sue conclusioni, erano responsabilità di Tyler.

Poiché i McCoy erano arrivati da poco, secondo la polizia di Shady Creek presente sulla scena non c'era molto da esaminare. Le tempistiche sembravano tuttavia incredibilmente veloci per una morte strana, indipendentemente dalla causa. Alla polizia era forse stata messa fretta, oppure sentiva il peso di una morte di alto profilo? Qualunque fosse il motivo, la situazione non era molto rassicurante.

Io e mamma entrammo nella villa, e ci fermammo all'ingresso del soggiorno. La grande sala, spaziosa ed elegante, sembrava ora fredda e cavernicola, nonostante il fuoco scoppiettante che Abby, l'assistente di Serena, aveva acceso nel camino.

Tyler ci fece cenno di sederci accanto a lui su uno dei due enormi divani bordeaux. Mamma si sedette di fianco a Tyler, e io di fianco a lei. Serena e Abby erano sedute davanti a noi, su un divano identico al nostro. Al centro c'era un enorme tavolino da caffè quadrato, in mogano, intarsiato con lo stesso motivo di rose e foglie intrecciate che decorava anche il caminetto e altri particolari in legno sparsi per la casa.

Il braccio di Abby era avvolto in modo protettivo intorno alle spalle di Serena, come se fosse un'amica anziché una dipendente. Il volto di Serena, rigato dalle lacrime, era molto arrossato. Si dondolava avanti e indietro, fissandosi il grembo ed evitando qualsiasi contatto visivo; sembrava davvero affranta. Afferrai il bracciolo di velluto del divano, sentendomi a disagio e fuori luogo.

Lo spirito amichevole del nostro primo incontro era svanito, sostituito da un'atmosfera triste e ostile allo stesso tempo. Era molto strano che io e mamma fossimo presenti mentre Tyler comunicava le cattive notizie al coniuge di una vittima, ma Serena aveva insistito affinché ci fossimo. Come potevamo rifiutarci? Rabbrividii al pensiero dei titoloni che sarebbero probabilmente apparsi riguardo alla frase "finché morte non ci separi" della cerimonia di rinnovo delle promesse matrimoniali. Sicuramente tutta questa faccenda avrebbe fatto parte del reality show, poiché la morte di Steve non poteva essere ignorata. Si trattava dopo tutto di un reality show, e una delle due star era morta improvvisamente. La storia di Steve sarebbe stata raccontata, indipendentemente da tutto. Non vedevo membri della troupe in giro, ma mi sentivo comunque a disagio. C'erano forse telecamere nascoste che ci stavano riprendendo? Forse ero solo paranoica.

Tyler aveva acconsentito con riluttanza alla richiesta di Serena riguardo alla nostra presenza. Ci aveva impartito l'ordine tassativo di non fare commenti, né di rispondere a qualsiasi domanda. Il nostro ruolo era quello di stare sedute in silenzio; quindi, facemmo del nostro meglio per fare da oggetti ornamentali sul divano. Speravo che la nostra collaborazione avrebbe evitato a mia madre, e a Westwick Corners in generale, qualsiasi accusa o causa legale.

Serena si afflosciò sul divano, con un'espressione confusa sul viso coperto di lacrime. "No, no, no! Non può essere..." gridò, coprendosi il volto con le mani.

"Serena non è in condizione di parlare" disse Abby. "Possiamo rimandare?"

Tyler scosse la testa. "No, dobbiamo farlo ora".

Gli occhi di Abby si riempirono di rabbia.

Tyler guardò Serena, la quale annuì stancamente.

Serena disse: "Voglio che Abby rimanga. È la mia assistente e confidente. Sa tutto, perché le dico sempre tutto. Raccontatemi di nuovo ciò che è successo".

Tyler fece un respiro profondo. "Ruby è passata a lasciare alcuni esempi di composizioni floreali. Steve ha detto a Ruby di lasciare tutto in cucina. Un attimo dopo, quando Ruby l'ha chiamato senza ricevere alcuna risposta, l'ha trovato privo di sensi in piscina".

"Non riesco ancora a credere che sia annegato. Che incidente tragico e terribile!" Abby scosse la testa.

"Sembra trattarsi di annegamento, ma non possiamo ancora dirlo per certo" disse Tyler. "Il medico legale confermerà dopo l'autopsia".

"Mi dispiace molto, Serena. Se c'è qualcos'altro che possiamo fare..." la voce di mia madre si spezzò.

Le accarezzai la mano e sussurrai: "Ti ricordi che non possiamo parlare?"

Mamma mi strinse la mano e non aggiunse altro.

Abby si alzò in piedi e si rivolse a Serena: "Chiamo l'addetto stampa e il tuo agente. Dobbiamo essere sempre un passo avanti". Notò l'espressione confusa di mia madre e aggiunse: "Dobbiamo limitare i danni prima che i giornali raccontino la loro versione degli eventi. Per favore, non parlate con nessuno".

I giornali sarebbero davvero stati così spietati da spettacolarizzare una morte tragica? Quello fu il primo pensiero che mi passò per la testa, il secondo fu la maledizione dei Rocklin. Quali erano le probabilità che una tragedia avrebbe colpito i primi ospiti della villa?

Abby era già al telefono a discutere, quando si aprì la porta d'ingresso.

"Guardate chi ho trovato che gironzolava intorno alla villa". L'uomo alto e muscoloso in piedi all'ingresso era lo stesso che era alla locanda all'arrivo della troupe. Accanto a lui c'era zia Pearl, che a confronto sembrava ancora più mingherlina.

La sua espressione colpevole mi fece subito insospettire. Aveva paura della maledizione, e tuttavia era tornata alla villa. Stava sicuramente combinando qualcosa, ma esattamente cosa rimaneva un mistero.

Mia madre scattò in piedi. "Pearl! Dovresti essere alla locanda".

"Sono venuta a prendervi, prima che sia troppo tardi". Dondolava nervosamente da un piede all'altro.

Tyler le lanciò uno sguardo interrogativo. "Troppo tardi per cosa?"

Nessuno rispose. Zia Pearl fissava mia madre e io, a mia volta, fissavo l'uomo all'ingresso. Mi ricordai dove l'avevo già visto: era apparso in alcuni episodi de *I veri McCoy*, con ruoli non parlanti. La sua altezza e i suoi occhi verdi penetranti lo rendevano difficile da scordare.

Serena si schiarì la voce. "Questo è Danny Nastasio, il mio autista. Era con me e Abby quando eravamo fuori a fare shopping".

Danny ci fece un cenno del capo. Si avvicinò e rimase in piedi all'estremità del divano, accanto a Serena.

"Voi tre siete stati insieme tutto il tempo?" chiese Tyler.

Serena annuì. "Danny è rimasto in macchina mentre noi facevamo acquisti, ma era parcheggiato proprio davanti e ci ha aspettato per tutto il tempo. Ci abbiamo messo un paio d'ore, vero Abby?"

Abby coprì il telefono con la mano. "Proprio così. Bunny ha detto che oggi eravamo state le sue uniche clienti, quindi sono sicura che si ricorderà di noi".

"Spero proprio di sì. Quella donna sembrava un po' confusa e smemorata" disse Serena. "Mi ha fatto pagare la metà, poi mi ha dato troppo resto. Ho comprato un completo solo perché mi faceva pena. I vestiti là dentro erano vecchi di dieci anni. Non mi sorprende che il negozio sia in perdita. Forse dovrebbe vendere tutto e andare in pensione".

Il mio abito veniva dal negozio di Bunny. Era vero che molto del suo inventario era ormai vecchio, ma il mio abito era di stile classico, ed ero stata fortunata a trovarlo. Improvvisamente, fui assalita dai dubbi. Il bellissimo vestito ricoperto di perline, troppo piccolo per farci entrare il mio sedere, era forse fuori moda?

Pearl rimaneva in piedi all'ingresso. "Guarda cosa hai combinato, Ruby".

Le labbra congelate di mamma iniziarono a tremare, e lei sembrava sull'orlo di una crisi di pianto.

"Chi è lei e perché è ancora qui?" chiese Serena.

"Questa è Pearl West, mia zia. È venuta qui per dirci che serve il nostro aiuto alla locanda. Se non vi dispiace, ce ne andiamo". Speravo che la mia bugia ci fornisse una scusa per consentire a Tyler di condurre il suo interrogatorio in modo adeguato. Mi chiedevo inoltre cosa stesse facendo la troupe di Serena alla locanda. Lucky era sparito, mentre zia Pearl era qui con me e mamma. Nonna Vi era quindi là da sola, ma soprattutto, i nostri ospiti non avevano da mangiare e non c'era nessuno a loro disposizione.

Tyler intervenne: "Ruby, tu vai con Pearl, mentre io porterò Cen a casa più tardi. Cen rimarrà qui a prendere appunti".

Guardai Serena, aspettandomi un'obiezione, invece scrollò le spalle con indifferenza.

Presi dalla borsa una penna e il mio quaderno, aprendolo su una pagina vuota. Con un po' di fortuna, avrei potuto usare alcuni degli appunti per un articolo, ma avrei prima dovuto chiedere il permesso a Tyler. Gli articoli scandalistici non erano il mio forte, ma questo si prospettava un successone. Cerimonie segrete e incidenti misteriosi in una cittadina sconosciuta erano gli ingredienti perfetti per un pezzo avvincente e pieno di suspense.

Serena avrebbe sicuramente trovato il modo di inserire la tragedia nel suo reality show, e a quel punto, sarei stata libera di parlarne sul mio giornale. Non avevo firmato un accordo di riservatezza, e non avevo alcuna intenzione di farlo. L'intera faccenda si stava facendo sempre più interessante.

"Cosa diavolo sta succedendo?" Jason McCoy era in piedi all'ingresso del soggiorno, con la porta di casa aperta alle sue spalle.

Serena si asciugò gli occhi con un fazzoletto. "Jason, devo dirti qualcosa. Siediti".

Lui la guardò con sospetto. "Perché? Dov'è papà"?"

Serena si girò verso Tyler. "Glielo dica lei, io non ce la faccio".

CAPITOLO 16

Dopo che Tyler ebbe comunicato la brutta notizia a Jason, gli chiese di raccontare tutti i suoi spostamenti nelle ultime ore.

"Sono andato al Witching Post a bere qualcosa. Il barista si ricorderà di me, perché gli ho lasciato una bella mancia". Jason era in piedi davanti al camino, e si dondolava nervosamente da un piede all'altro.

"E poi dove sei andato?" chiese Tyler.

"Sono venuto direttamente qui. Abbiamo finito?" Lanciò lo sguardo verso l'atrio, come se meditasse una fuga.

Mi ricordai che la Porsche di Jason non era parcheggiata fuori dal Witching Post quando avevo lasciato la locanda, e di certo Jason non guidava piano. Stava quasi sicuramente mentendo.

"C'è qualcuno che possa confermarlo?" chiese Tyler.

Jason mi guardò, quindi disse: "Il barista".

"Chi stava servendo al bar?"

Jason scrollò le spalle. "Non so come si chiami, ma sono sicuro che sia facile scoprirlo. Vado di sopra". Ci passò accanto e si diresse verso l'atrio senza dire una parola.

Dopo che se ne fu andato, Serena disse: "Jason ha litigato con Steve questa mattina. C'erano anche Ruby e Cendrine, che hanno visto tutto. Se n'è andato in preda alla rabbia, perché ci siamo rifiutati di dargli altro denaro. Non ha mai lavorato in vita sua. Steve pagava le sue costose auto sportive, e abbiamo anche finanziato la sua tossicodipendenza. L'abbiamo dovuto escludere dal reality a causa della droga".

"Pensa che Jason farebbe del male a Steve?" chiese Tyler.

"Cosa? No! Certo che no!" Serena disse singhiozzando. "Jason è solo un ricco ragazzino viziato. Combina guai e chiede sempre soldi, ma uccidere Steve? Sarebbe come uccidere la gallina dalle uova d'oro".

"Che lei sappia, Steve aveva dei nemici? Qualcuno che volesse fargli del male?" Tyler osservava Serena attentamente.

"Non credo. Almeno non abbastanza da volerlo uccidere" rispose Serena. "Non ha forse detto che si è trattato di un incidente?"

Tyler scosse la testa. "Non l'ho mai detto. La valutazione preliminare circa la sua morte è l'annegamento, ma come ciò sia avvenuto esattamente deve ancora essere confermato dal medico legale".

Abby lo interruppe: "Il che significa che si tratta di un incidente".

"È troppo presto per dirlo" disse Tyler, mentre il suo telefono iniziava a suonare. Rimase in ascolto e borbottò un paio di parole come risposta. Si rimise il telefonino nella tasca, con un'espressione turbata sul volto.

"Tutto a posto?" chiese Abby.

Tyler si alzò e mi fece segno di seguirlo. "Non andate da nessuna parte senza prima avere parlato con me. Vi contatterò più tardi oggi pomeriggio".

CAPITOLO 17

*T*yler si era unito a noi per cena alla locanda. Mangiammo in cucina, dopo un paio d'ore frenetiche durante le quali avevamo preparato e servito la cena ai nostri ospiti nella sala da pranzo. Quando avemmo finito di mangiare e pulire tutto, mamma e zia Pearl erano già andate al bar, a servire gli ospiti.

Mentre percorrevamo la breve distanza verso il bar, passammo davanti alla Porsche di Jason. Era parcheggiata accanto al viale, pronta per una rapida fuga. C'erano anche altre macchine, inclusa la Mercedes bianca di Serena.

Entrammo nel bar e lo trovammo affollato; la troupe era già mezza ubriaca. C'erano anche Serena e i suoi assistenti più stretti. Per fortuna avevano rispettato l'ordine di Tyler di non andarsene da Westwick Corners.

Abby era sul palco normalmente utilizzato per la musica dal vivo, e stava informando tutti circa la tragica morte di Steve. Non c'era molto da dire, almeno non ufficialmente.

Io aspettavo con ansia che Tyler mi desse l'ultimo aggiornamento da parte del medico legale. Ci sedemmo ad un tavolino in un angolo tranquillo del bar, lontano dagli altri tavoli. Nessuno avrebbe potuto origliare la nostra conversazione, e in quella posizione avremmo potuto vedere chiunque si avvicinasse.

"Qui va molto meglio" disse Tyler. "C'è abbastanza rumore da impedire a chiunque di ascoltare ciò che diciamo".

Mia madre, che stava aiutando zia Pearl dietro al bancone del bar, ci vide e sorrise.

Tyler le fece cenno di venire da noi, quindi si girò verso di me. "Il medico legale mi ha detto di non avere trovato acqua nei polmoni di Steve, quindi non è annegato. Le vittime degli annegamenti hanno acqua nei polmoni. Muoiono asfissiate, perché c'è acqua al posto dell'aria; soffocano perché non riescono a respirare".

Sussultai. "Steve era già morto quando è entrato in acqua?"

Tyler annuì. "Steve è morto per trauma cranico. È stato colpito alla testa, oppure è caduto e ha picchiato la testa. Ma non penso che sia caduto a bordo piscina. Le dimensioni e la posizione della ferita lo rendono improbabile. Il medico legale ritiene che sia stato colpito sul lato della testa con un grande oggetto contundente, forse un'arma di qualche tipo".

"Pensa che si tratti di omicidio?" sussurrai.

"Non si è spinta fino a lì, ma l'ha dichiarata una morte per cause sconosciute, causata da trauma da corpo contundente alla testa. Non può fare altro, perché non è stata trovata un'arma del delitto e non c'erano nemmeno segni di colluttazione. Non può dire per certo che si tratti di omicidio se non emergono delle prove. Le sue opzioni sono morte accidentale, omicidio, cause naturali, come un infarto o un ictus, suicidio o cause sconosciute".

"Quindi finisce qui? Fine delle indagini?" Sorseggiai la mia Coca Light, con lo stomaco che brontolava.

"Non ho detto questo. Devo ancora controllare gli alibi e i possibili moventi di tutti quanti. Tuttavia, la finestra temporale molto ridotta esclude quasi tutti, se Ruby ha visto Steve solo pochi minuti prima che morisse".

Mia madre, che era in piedi accanto a me, aveva ascoltato in silenzio. Prese una sedia e si sedette. "Pensi che Steve sia stato ucciso?"

"È solo una di tante possibilità, ma non posso escluderlo" disse Tyler.

Mamma fece un respiro profondo. "Forse non sono stata chiara prima, ma... non ho davvero visto Steve. L'ho solo sentito. Ho bussato alcune volte prima che mi dicesse di entrare e di lasciare i campioni degli allestimenti floreali sul bancone della cucina, cosa che ho fatto. Ma proprio mentre me ne stavo andando, mi sono ricordata che avevo delle domande urgenti sul menù. Mi sembrava inutile continuare a parlarci urlando, quindi sono uscita perché sapevo che stava nuotando in piscina. Non capisco come potesse essere vivo un momento prima, e poi morto".

"Sei sicura che fosse Steve la persona a cui stavi parlando?" chiesi. "Hai riconosciuto la sua voce?"

"Si, pensavo che fosse lui. Anche se l'ho incontrato una sola volta nella vita reale, guardo il suo programma da anni. Sono sicura che fosse la sua voce. Ma devo ammettere che non consideravo la possibilità che qualcuno lo stesse imitando, quindi non ci ho fatto particolare attenzione". Mia madre spalancò gli occhi: "Pensi che ci fosse qualcun altro?"

Tyler appoggiò una mano su quella di mia madre: "Non lo so ancora, ma lo scoprirò".

Mamma si voltò verso di me. "Cen, non dire niente a Pearl. Chissà cosa potrebbe fare se saltasse fuori che la voce che ho sentito non era di Steve. Darà la colpa alla maledizione".

"Ruby, non parlare con nessuno" disse Tyler.

Annuii. "Mamma, è possibile che sia stato Jason a parlarti? La sua macchina non era più nel parcheggio del Witching Post quando mi hai telefonato. Ha una voce simile a quella di Steve. Magari ha mentito riguardo al luogo in cui si trovava. La sua auto era ancora parcheggiata al Witching Post quando sei venuta via?"

Mia madre si accigliò. "Penso che non ci fosse già più quando sono partita da qui. Non ricordo di averla vista, ma non posso averci fatto molta attenzione, perché ero concentrata su quello che dovevo fare per portare i campioni di fiori ai McCoy".

"Chi altro aveva accesso alla villa?" chiesi. "Tante più persone possiamo escludere, quanto più facile sarà restringere il campo. Danny, l'autista di Serena, aveva probabilmente accesso alla casa".

Mamma scosse la testa. "Ho consegnato solo due chiavi, ma Danny ha portato Serena e Abby a fare compere, ricordi? Probabilmente avevano con sé una chiave. Erano al negozio di Bunny. Hai già parlato con Bunny?"

Tyler annuì. "Ha confermato tutto. Però vorrei avere qualcosa di più della dichiarazione di un testimone oculare; spesso sono testimonianze poco affidabili, e a questo punto non voglio escludere nessuno".

"Io sono sospettata?" chiese mia madre con gli occhi spalancati.

"In teoria sì. Tuttavia, Steve era almeno venti centimetri più alto di te. A meno che tu non fossi su una scala o su un gradino, o qualcosa del genere, non saresti abbastanza alta per averlo colpito in testa. Si è trattato tra l'altro di un colpo molto vigoroso, da parte di una persona molto forte".

"Quindi pensi che io sia bassa e debole?"

Era difficile capire se mamma fosse seria o stesse prendendo in giro Tyler.

Nemmeno Tyler riuscì a capirlo. "Ovviamente no, Ruby. Sei una delle persone più forti che io conosca. Non ho ancora escluso del tutto nessuno, inclusa te. Ma alla luce delle prove raccolte finora, sto guardando in un'altra direzione".

"A proposito di altre direzioni, è meglio che torni alla locanda a controllare se Pearl ha pulito tutte le stanze mentre i nostri ospiti sono ancora qui al bar". Mamma si alzò stancamente dalla sedia. "È stato un lungo giorno".

Quando mamma si fu allontanata, Tyler si avvicinò di più a me. "Parliamo di moventi. Il coniuge è il colpevole l'ottanta percento delle volte. Ho scoperto che Steve e Serena avevano sottoscritto delle costose assicurazioni sulla vita qualche mese fa. Una scivolata e una caduta fatali, con conseguente morte accidentale, raddoppiano l'importo da riscuotere".

Non ero convinta. "Sono ricchissimi grazie al reality show, non hanno bisogno del denaro. E senza Steve, non ci sono più *I veri*

McCoy. Non ha senso dal punto di vista economico. E poi, sembravano molto innamorati".

"Stai scherzando, Cen? Litigano in continuazione in ogni episodio."

"Li guardi?"

"Tutti guardano quel programma, personalmente preferirei non averlo mai guardato. È assolutamente ridicolo".

"È solo la vita, ma esagerata. Sono i colpi di scena a farlo piacere a tutti. Nella vita reale, sono davvero teneri e con i piedi per terra" dissi.

Tyler scoppio a ridere. "Sei così accecata dalla loro notorietà da non riuscire a osservare le cose in modo obiettivo. Io non ti tratterei mai nel modo in cui loro si trattano sullo schermo, nemmeno se fosse per finta".

"È solo per fare ascolti". Sospirai. "Rende, o avrebbe reso, la loro cerimonia di rinnovo delle promesse di matrimonio ancora più romantica".

"Pensi che quello sia romantico? Aspetta di vedere cosa ho in serbo per domani sera". Tyler mi prese la mano dall'altra parte del tavolo. "Ti sorprenderò".

"Non vedo l'ora". A dire il vero, avevo paura. Avevo paura che zia Pearl non sarebbe riuscita a trovare l'anello in tempo per rimetterlo nella tasca di Tyler. Gli anelli di diamanti erano costosi, ma il nostro rapporto non aveva prezzo, e non sopportavo l'idea di rovinarlo.

CAPITOLO 18

Aspettavo al bancone del bar, mentre zia Pearl ci riempiva i bicchieri. "Zia Pearl, sei riuscita a trovare l'anello?"

"Se mi togli dai piedi questa gente, magari avrò tempo di cercare". Sbatté forte i due bicchieri sul bancone.

"Sarà meglio che lo trovi. E ti consiglio di non interferire con le indagini".

Zia Pearl strofinò con un panno una macchia immaginaria sul bancone. "Non minacciarmi, Cendrine. Farò quello che posso quando ci riuscirò. È stata l'avidità di Ruby a causare tutto questo. Parla con lei. Magari non è troppo tardi per fermare la maledizione".

Non avendo una risposta soddisfacente da darle, presi i due bicchieri e li portai al nostro tavolino. "Continuo a pensare a Jason" dissi a Tyler. Spiegai la discrepanza, in termini di tempo, tra ciò che raccontava Jason e l'assenza della sua macchina quando avevo lasciato la locanda per recarmi a Villa Rocklin.

Tyler annuì. "Jason ha più di un movente, ma perché risparmiare la vita a Serena, la sua matrigna? Avrebbe probabilmente ereditato tutto se fossero morti entrambi. Invece, andrà tutto a lei".

"Sarebbe vero se fosse un omicidio premeditato" dissi. "Magari ha ucciso suo padre in un impeto di rabbia".

Passammo un'ora e mezza a prendere in esame ogni singolo dettaglio. La dichiarazione di Serena e Abby, di essere fuori a fare shopping insieme al momento della morte di Steve, era corroborata da una testimonianza, quindi avevano entrambe un alibi. Serena e Abby avevano fatto compere al negozio di Bunny, mentre Danny aspettava fuori dal negozio in piena vista, e Bunny, la proprietaria del negozio, aveva garantito di avere visto tutti e tre.

"Si stanno tutti fornendo un alibi a vicenda, ma credi alla loro versione degli eventi?" chiesi.

Tyler alzò le spalle. "Non importa a cosa credo, se l'alibi corrisponde. Bunny ha confermato tutto, ma devo ancora controllare le sue telecamere". Per fortuna, il negozio di Bunny si trovava sulla strada principale, dove alcuni dei negozi erano dotati di videocamere di sicurezza. Le riprese avrebbero confermato o contraddetto le loro dichiarazioni. La visione delle registrazioni delle videocamere era solo questione di tempo.

"La dichiarazione di Bunny non è del tutto affidabile, dato che la sua memoria non è più perfetta". Bunny stava attraversando le prime fasi della demenza senile. Lavorava ancora in quel negozio che amava, ma solo per poche ore e con l'aiuto di altre persone. Amicizie di lunga data si fermavano per un caffè e due chiacchiere, ma non vendeva molti abiti. Bunny poteva permettersi di chiudere il negozio e andare in pensione, ma amava troppo il suo lavoro, perché le dava uno scopo nella vita.

"È vero" disse Tyler. "Ho chiamato Gertie per avere una conferma, ma sta facendo una crociera nei Caraibi. Nessuno poteva coprire il suo turno, quindi Bunny stava lavorando da sola in negozio". Gertie aiutava normalmente Bunny durante la settimana. Sarebbe rimasta sconvolta al ritorno dalla crociera, scoprendo tutto ciò che si era persa.

Tyler disse: "Il medico legale afferma che, quando Ruby l'ha trovato, Steve potesse essere morto al massimo da un'ora, in base ai contenuti non digeriti presenti nel suo stomaco. Naturalmente, lo sapevamo già, ma convalida il racconto degli eventi fornito da Ruby. Si tratta di una finestra temporale così breve da rendere difficile credere che qualcuno sia riuscito a commettere l'omicidio senza lasciare tracce. Tu e Ruby avete visto Steve con Serena intorno alle dieci della mattina. Poco dopo, Serena, Abby e Danny sono andati a fare compere, Ruby è tornata e ha parlato con qualcuno la cui voce era uguale a quella di Steve, intorno alle undici e mezza. Qualche minuto dopo, Ruby ha trovato Steve morto nella piscina".

"È una finestra temporale molto breve per un gruppo ristretto di persone con i mezzi e l'opportunità di ucciderlo" concordai.

Tyler annuì. "Dovrebbe essere facile scoprire la verità".

"Potrebbe esserci un'altra spiegazione: forse qualcuno li ha seguiti fino a qui?"

"Come uno stalker?" chiese Tyler.

"Forse. Tuttavia, sembra più un omicidio per motivi personali che un omicidio casuale. Supponendo che si tratti davvero di un omicidio, e non semplicemente di un tragico incidente".

Tyler annuì. "Guardiamolo da un altro punto di osservazione. Dobbiamo riuscire a escludere la morte accidentale. Ruby ha fatto un grande lavoro di ristrutturazione, ma Villa Rocklin è vecchia e piena di pericoli. La pavimentazione intorno alla piscina è a tratti irregolare, e molto scivolosa se si cammina a piedi nudi perché coperta da brina. Inoltre, il freddo avrebbe reso i piedi doloranti. Perché qualcuno avrebbe camminato a piedi nudi sul cemento ghiacciato, con temperature così gelide?"

"Steve indossava delle infradito quando l'abbiamo visto quella mattina. Sono sicura. Si è dimenticato le infradito quando è uscito?"

Tyler scosse la testa. "Ruby non ha visto delle infradito vicino alla piscina, né la polizia di Shady Creek le ha trovate, dentro o fuori casa".

"La distanza dalla porta al bordo della piscina è di almeno sei metri" dissi. "Steve doveva camminare per raggiungere la piscina. Scarpe o non scarpe, non ha lasciato impronte. La pavimentazione era coperta di brina, quindi perché non ci sono le impronte lasciate dai suoi passi mentre camminava verso la piscina?" Ripensai all'impronta lasciata dal mio sedere quella mattina. Se il mio sedere aveva lasciato una traccia, perché non l'avevano fatto anche i piedi di Steve? Era impossibile che Steve, un uomo grande il doppio di me, avesse camminato su quella superficie ghiacciata senza lasciare alcun segno.

Tyler si strofinò il mento con aria pensosa. "Hai ragione. Nessuna impronta dalla porta alla piscina. Proprio niente. Nemmeno tracce di ruote, supponendo che sia stato trasportato. È un uomo robusto, quindi dubito che una persona da sola possa averlo trasportato senza alcun aiuto. Le temperature sono state sottozero tutto il giorno; è impossibile che il ghiaccio si sia sciolto e riformato".

"Si può avere un incidente del genere senza lasciare alcun segno intorno alla piscina? Nessuna traccia di scivolamento e caduta? Non credo. L'assenza di tutte queste cose non dovrebbe forse indicare un qualche tipo di crimine?"

Rimanemmo seduti in silenzio per alcuni minuti, circondati dal crescente frastuono di voci, alcune appartenenti a ospiti ubriachi.

"Hai ragione, Cen" disse Tyler. "Diciamo, per il momento, che si tratti di omicidio. Serena ha affermato che nessuno, a parte la troupe, sapesse che i McCoy si trovassero qui, ma magari qualche abitante locale ha curiosato in giro. Magari hanno notato del movimento alla villa e sono venuti a curiosare. Steve li ha sorpresi, e le cose hanno preso una brutta piega".

Ero scettica. "La maggior parte delle persone pensa che Villa Rocklin sia stregata e ha paura addirittura a passarci davanti, figuriamoci ad entrarci. Se fossero stati dei curiosi, il cancello e la siepe li avrebbero scoraggiati, e poi non vedo segni di scasso".

Tyler sospirò. "Un intruso avrebbe potuto scavalcare la siepe, anche se è molto alta. Ovviamente, tutto dovrebbe essere stato ripreso dalle telecamere di sicurezza, che spero siano funzionanti. Le telecamere coprono la maggior parte della proprietà, ma ci sono dei punti ciechi. Sto facendo controllare tutte le riprese".

"Il mio sesto senso mi dice che è una faccenda personale" dissi. "L'assassino sapeva che Steve si trovava alla villa, e poteva accedervi". La gente uccide per interesse personale. I sicari lo fanno per denaro, ma poiché sono assoldati da qualcuno, rimane comunque una questione personale. Amici, familiari e soci d'affari hanno spesso un movente. Denaro e potere, ego, segreti, gelosie e paure spingono persone normali a commettere i crimini più atroci. È probabile che Steve McCoy fosse nel mirino di qualcuno".

Tyler annuì. "Praticamente nessuno aveva accesso alla villa, e quindi all'opportunità di uccidere Steve. Serena, Jason, Abby, Danny l'autista. E tua madre".

"Mamma non ucciderebbe mai uno dei suoi clienti".

Tyler sollevò una mano in segno di protesta: "Lo so che non è un'assassina, e che non sarebbe fisicamente in grado di uccidere qualcuno grande il doppio di lei. Ma è stata l'ultima persona a vederlo vivo. Ho un rapporto personale con tua madre, e devo rimanere obiettivo. Mi occorrono delle prove concrete per escluderla definitivamente".

Tyler aveva ragione. Era, o almeno speravo che fosse, il futuro genero di mia madre. Pregavo che l'anello di fidanzamento fosse in qualche modo tornato nella tasca della sua giacca. Ora indossava una giacca diversa; speravo che non si fosse accorto dell'anello mancante dalla giacca sul sedile posteriore della Jeep.

"Continuo a pensare che Jason stia nascondendo qualcosa. Aveva litigato con Steve e Serena a proposito di soldi, e di recente era stato silurato dal programma. Dipendeva ancora economicamente da Steve e Serena. Ha un problema con le droghe, ed è quindi disperato e disposto a fare di tutto per procurarsi del denaro. Magari sono passati alle mani, Steve è scivolato e la caduta è stata mortale. Jason ha poi cambiato la sua versione degli eventi per darsi un alibi e ha ripulito tutto intorno alla piscina. Ciò spiegherebbe la mancanza delle infradito". Accennai alla conversazione tra Jason e Lucky. "Non ho sentito i dettagli, a parte il riferimento ai soldi, ma sembrava una conversazione sospetta".

Era come se Tyler non avesse ascoltato una sola parola di quello che avevo detto. "Non c'è alcuna prova. Non c'è sangue, né un'arma del delitto. Il medico legale ritiene che sia possibile che sia stato prima colpito con un oggetto contundente che gli ha fatto perdere i sensi, ma afferma di non poter dichiarare che sia stato colpito senza una prova concreta. Cen, devo fare in modo che cambi la causa del decesso, altrimenti il procuratore distrettuale non muoverà mai delle accuse".

"Forse la squadra della scientifica non ha cercato abbastanza bene l'arma del delitto" dissi. "Un assassino non si porterebbe forse via l'arma del delitto? Chiunque sia stato, è stato abbastanza intelligente da coprire letteralmente le proprie tracce nella brina".

"Il medico legale non lo dichiarerà un omicidio senza altre prove. Come minimo, significa una prova sicura di ciò che ha provocato la ferita che ha ucciso Steve. Il medico legale è sotto pressione per pubblicare la sua relazione; probabilmente dichiarerà che le cause sono sconosciute. Senza un'arma del delitto..."

"L'assassino rimane a piede libero" dissi.

"È un caso di così alto profilo, Cen. Il medico legale sta ricontrollando tutto, ma anche se sembra che qualcuno sia stato sulla scena dopo la morte di Steve e abbia dato una ripulita, non è abbastanza. Senza una prova concreta che dimostri qualcosa di criminale, finirà per essere dichiarata una morte per cause sconosciute".

"Tyler, qualcuno ha dato un colpo in testa a Steve. Io lo so, tu lo sai e lo sa anche il medico legale; quindi, perché non può dirlo?"

Tyler esitò. "Le cause sconosciute lasciano la porta aperta a nuove prove, se e quando emergessero. Tuttavia, ogni ora e ogni giorno che passano senza che troviamo qualcosa, rendono più improbabile che ciò avvenga. Se non troviamo subito qualcosa, le probabilità di trovare delle prove tra settimane, mesi o anni sono molto ridotte. Gli avvocati di Serena stanno già facendo pressione su Brayden. Minaccia di fare causa a Westwick Corners se la storia viene tirata per le lunghe e diventa uno scandalo".

Brayden Banks, il sindaco della nostra cittadina, nonché mio ex, era uno smidollato. Fare pressione su di lui significava che lui avrebbe fatto pressione su Tyler. Brayden evitava sempre la pubblicità negativa o qualsiasi cosa che potesse danneggiare le sue aspirazioni politiche. Tuttavia, questa era una questione morale, non economica, ed era sbagliato lasciare che i soldi e il potere influissero sulle indagini.

Spostai lo sguardo su Serena, seduta a un grande tavolo con il suo entourage; sembrava davvero triste. Era davvero così, oppure era tutta una finzione, come ne *I veri McCoy*?

Ripresi a parlare con Tyler. "Cosa c'entra Brayden? È un'indagine della polizia, alla ricerca della causa del decesso. Non è una questione politica, e Serena non può denunciare la città". Poteva però denunciare mia madre per l'incidente avvenuto alla villa, e temevo che quello sarebbe stato il passo successivo. In tal caso, ci saremmo trovate sul lastrico. Fui avvolta da un senso di terrore.

"Probabilmente è solo una tattica intimidatoria, ma Serena non vuole cedere" disse Tyler. "Vuole una soluzione veloce, così da far dimenticare la storia. Dice che tutta la pubblicità negativa riduce il suo futuro potenziale di guadagno".

"Steve era metà de *I veri McCoy*. Serena perderà comunque dei soldi, non è colpa della nostra cittadina".

Tyler sospirò. "Lo so. Il problema è che persino i costi di una causa legale sciocca potrebbero fare andare in bancarotta la città. Dovremmo difenderci in tribunale, e ciò costa soldi. Se non troviamo delle prove concrete, non possiamo tenere le cose in sospeso senza un valido motivo. Non abbiamo abbastanza soldi per affrontare una celebrità milionaria, Cen".

"Una cosa che so per certo, è che se mio marito morisse improvvisamente, non metterei fretta alle indagini; vorrei che fosse presa in esame qualsiasi possibilità".

Tyler arrossì. "Mi fa... piacere sentirlo".

L'argomento che avevamo cercato di evitare era improvvisamente emerso. Mi batteva forte il cuore, mentre tentavo di spiegarmi: "Intendevo che... Serena è passata dal voler rinnovare le promesse di matrimonio al voler sotterrare suo marito il più in fretta possibile. Dovrebbe volere un'indagine approfondita, specialmente se il medico legale non è in grado di fornire delle risposte definitive".

"Purtroppo non tutti la pensano come te, specialmente quando le prove non sono molto chiare".

Aggrottai la fronte. "Querelare la città è da bulli, non da mogli in lutto. E poi Steve è morto in una proprietà privata: come può essere responsabilità della cittadina?"

"Gli avvocati diranno che la municipalità non ha mai controllato la piscina. Se l'avessero fatto, sarebbe stato ovvio che non fosse a norma".

"Abbiamo un regolamento edilizio? Siamo poco più che un villaggio! E poi cosa c'entra con la morte di Steve?"

"Non c'entra niente" rispose Tyler. "Ma la sola accusa ci farà finire in tribunale, e non possiamo permetterci una causa legale". Tyler abbassò la voce. "Cen, devo chiederti una cosa importante".

Il nostro scambio di idee ci aveva condotto dalla morte accidentale all'omicidio, ma aveva forse anche cambiato i tempi della proposta di matrimonio? E se zia Pearl non avesse trovato l'anello?

"Cen? Mi stai ascoltando?" La voce di Tyler interruppe i miei pensieri.

"Si, scusa" dissi. Negli anni a venire, avremmo entrambi ripensato con nostalgia a questo momento, per quanto fosse strano. Non era per nulla romantico, ma l'amore era la cosa più importante. Forse non eravamo a una cena elegante, ma ero comunque troppo grassa per entrare nel mio nuovo abito rosso. Feci un respiro profondo e mi avvicinai a Tyler. "Chiedimi pure".

Si avvicinò ancora di più e appoggiò una mano sulla mia. "C'è di mezzo della magia?"

"*Questa* è la tua domanda?" Questa *non era* la domanda che mi aspettavo. Mentre sospiravo e mi abbandonavo nella sedia, i miei nuovi rotolini di grasso premettero contro il ferretto del reggiseno. Che deprimente. Il lato positivo era che di sicuro stava per arrivarmi presto una proposta romantica. O no? Mi ero forse sbagliata su tutto?

"Perché sei triste?" chiese Tyler.

"Non sono triste". Mi morsi il labbro inferiore, evitando lo sguardo di Tyler.

"Sì, invece. Strizzi sempre gli occhi quando c'è qualcosa che non va. C'è qualcosa che ti preoccupa e non so cosa sia".

Avrei dovuto dire a Tyler che sì, c'era di mezzo della magia. Ma ero autorizzata a dirgli della maledizione dei Rocklin? Non ne ero sicura. Parlare della maledizione l'avrebbe peggiorata? In ogni caso, avrebbe fatto infuriare zia Pearl, e quindi non ne valeva la pena. Cosa mi avrebbe fatto? Mi avrebbe maledetto?

E di sicuro non potevo parlare dell'anello di cui non dovevo, in teoria, sapere nulla.

Mi sembrava di essere già vittima di una maledizione, con il mio aumento di peso incontrollabile e il piano di mia madre per arricchirsi in fretta, che aveva prodotto solo un cadavere e un sacco di cattiva pubblicità.

Ero furibonda. In modo irrazionale, ma non ci potevo fare nulla. Tutto andava storto e dovevo essere arrabbiata con qualcuno, oltre a me stessa. Stregoneria o meno, la nostra famiglia era divisa e si stava incolpando a vicenda, e ancora una volta toccava a me trovare una soluzione. Dovevo far sparire questa maledizione.

Ma non potevo prendermela con Tyler. Quindi dissi: "Non sopporto l'idea che qualcuno la faccia franca".

"E allora dimostra che è stato un omicidio, Cen. Aiutami a trovare l'arma del delitto".

CAPITOLO 19

Cadeva un misto di neve e pioggia quando lasciai il Witching Post. Tyler era partito qualche minuto prima, per andare in ufficio a visionare le riprese delle telecamere di sorveglianza. Io invece ero diretta a Villa Rocklin. Sì, avevo paura, ma con Serena e la gang al bar, si trattava probabilmente della mia unica possibilità per dare un'altra occhiata intorno alla piscina. Il mio vero obiettivo, tuttavia, era quello di eliminare la maledizione, una volta per tutte.

Insomma, avevo tre obiettivi praticamente impossibili:

1. Trovare l'arma del delitto,
2. Risolvere il caso, mettendo anche fine alla possibile causa legale di Serena,
3. ed eliminare la maledizione.

Ma questi obiettivi ne introducevano altri. Se avessi trovato l'assassino, avrei avuto una notizia esclusiva sulla storia della tragica morte di Steve prima di chiunque altro. In altre parole, c'era moltissima carne al fuoco. Mi avviai di corsa verso il mio fuoristrada all'estremità opposta del parcheggio, mentre la pioggia gelida mi inzuppava la giacca. Salii al posto di guida e, prima di avviare il motore, rilessi mentalmente l'elenco delle cose da fare.

Trovare l'arma del delitto, supponendo che ce ne fosse una, sarebbe stato abbastanza facile, grazie alla magia. In teoria, bastava tornare a Villa Rocklin e lanciare un incantesimo per tornare indietro nel tempo e rivedere gli eventi, uno alla volta. Ovviamente, non potevo raccontare i miei piani a Tyler. Quindi, impaurita e speranzosa, mi misi in viaggio verso Villa Rocklin. O, forse, in viaggio verso un disastro.

Invertire la sequenza degli eventi richiedeva una catena di incantesimi, uno dopo l'altro. Anche un singolo errore avrebbe scatenato un disastro, perché se qualcosa fosse andato storto in una inversione, avrei potenzialmente potuto cambiare la storia di chiunque fosse stato presente oggi a Villa Rocklin. Ciò includeva i McCoy, i loro dipendenti, la polizia e i vigili del fuoco, ma anche me e Tyler, così come la mia famiglia. Si trattava di una quantità insormontabile di eventi interconnessi e concomitanti. Sulla scena c'erano state così tante persone, ed erano passate così tante ore.

Ma forse c'era un'altra soluzione. Dubitavo che agli esperti della scientifica fosse sfuggita una palese arma del delitto... e se invece l'arma del delitto non fosse stata così ovvia? Diversa da ciò che si aspettavano di trovare?

Avevo una mezza idea, ma mi serviva l'aiuto di un'altra strega. Mamma era fuori questione. Era ancora traumatizzata da tutto ciò che era successo, e tuttavia era riuscita ad andare avanti e a preparare la cena ai nostri ospiti. Inoltre, era stata lei a scoprire il corpo di Steve, quindi era coinvolta direttamente. Anche zia Pearl non era un'opzione, persino se non fosse stata impegnata al bar.

C'era solo una strega di cui potevo fidarmi, ed era nonna Vi.

* * *

IL TRAGITTO verso Villa Rocklin si rivelò pericoloso; il nevischio si era trasformato in grandine non appena avevo lasciato il Witching Post. Palline di ghiaccio colpivano il parabrezza e rimbalzavano sul cofano.

Io strizzavo gli occhi per vedere al meglio la strada, che nel buio era visibile a malapena, con la grandine che cadeva troppo veloce per i miei poveri tergicristalli.

Nonna Vi fluttuò qualche centimetro sopra il sedile del passeggero, sgridandomi per ciò che stavo per fare. "Hai mentito a Tyler dicendogli che saresti stata a casa, e mi hai imbrogliata per farmi uscire! Non ho intenzione di mettere piede a Villa Rocklin. Fai retromarcia e andiamocene da questo posto maledetto. Riportami a casa subito!"

"Non posso, non fino a quando avrò trovato ciò che cerco". Cercai di parlare con un tono casuale, mentre attraversavo il cancello dei Rocklin. "Solo una piccola deviazione. Penso di poter eliminare la maledizione, ma devo farlo qui. La maledizione esiste solo perché noi ci crediamo".

Di questo non ero del tutto convinta nemmeno io, ma si trattava solo di uno dei motivi della mia visita.

Quando raggiunsi il parcheggio, premetti sul freno alla vista della Mercedes bianca di Serena. Era parcheggiata al Witching Post quando me ne ero andata, e non l'avevo vista andare via. Doveva avere lasciato il bar dopo di me, ma essere partita prima, mentre io ero seduta nel parcheggio. Nessuna macchina mi aveva sorpassato lungo la strada, l'unica che conduceva qui.

Improvvisamente, sentii delle voci provenire dall'esterno. Tolsi il piede dal freno, pronta a schiacciare l'acceleratore per fuggire, ma mi bloccai. Non ero più sicura del mio piano, specialmente quando riconobbi la risata. Ma questa era la mia unica possibilità: dovevo portare a termine il mio piano ora, altrimenti non ce l'avrei mai fatta. E dovevo farlo senza essere scoperta.

Serena era ubriaca. Biascicava le parole, e ciò che disse mi scioccò:

"È colpa di Jason. Se fosse stato a casa, tutto questo non sarebbe successo. Steve non avrebbe nuotato da solo". Serena parlava singhiozzando: "O forse non avrebbe fatto alcuna differenza; Jason probabilmente avrebbe lasciato morire Steve".

"Non lo dici sul serio". La voce di Abby era altrettanto riconoscibile, persino da lontano. Ma a differenza di Serena, Abby era sobria.

"Lo dico sul serio: Jason è felice che Steve sia morto. Non si sopportavano. Probabilmente avrebbe preferito se fossi morta anch'io".

Per quanto volessi rimanere lì ad ascoltare, se qualcuno si fosse affacciato alla finestra mi avrebbe visto. Guidai lentamente, parcheggiando all'estremità del viale, il più lontano possibile dalla piscina e dal giardino sul retro. La mia auto rimaneva visibile, ma solo se qualcuno fosse uscito dalla villa e si fosse girato per guardarsi alle spalle. Scesi dalla macchina e mi avvicinai alle voci, per ascoltare meglio. Nonna Vi fluttuava qualche metro dietro di me. Una delle grandi portefinestre del soggiorno era spalancata. Era rivolta verso la parte anteriore della casa ed era circondata da una piccola veranda con alcuni divani, delimitata da un muretto alto mezzo metro. Persino al buio, chiunque avesse guardato fuori mi avrebbe scoperto se avesse prestato attenzione. Mi inginocchiai sull'erba accanto al muretto, pensando che valesse la pena rischiare. Speravo di ottenere qualche informazione dalla loro conversazione. Ci rimasi presto male quando si misero a parlare di cibo.

"Ho fame" si lamentò Serena. "Non c'è niente da mangiare in questa cittadina".

"Chiamo Ruby e le chiedo di portarci qualcosa" disse Abby.

"Se cucina come fa i dolci, preferisco morire di fame".

Nonna Vi sussultò: "Ma come si permette?"

"Zitta!" Le feci in gesto con la mano, ma me ne pentii subito, perché nessuno, a parte me, poteva sentire nonna Vi. Potevano però sentire me.

"Cos'era quel rumore?" chiese Abby,

"Quale rumore? Andiamo a Shady Creek e cerchiamo un ristorante decente. Ho voglia di mangiare italiano". Serena scoppiò a piangere. "La pasta era il cibo preferito di Steve".

"Prendete le vostre cose, io vado a prendere la macchina" disse una voce maschile.

Immaginai che si trattasse di Danny, l'autista di Serena.

Se fossi rimasta lì, mi avrebbero scoperto. Mi batteva forte il cuore, mentre mi abbassavo e strisciavo oltre la veranda e le porte aperte, nascosta dal muretto. Una volta passata oltre, mi alzai e mi diressi verso l'ingresso principale, quindi dall'altro lato della casa, dove si trovava la piscina. A parte le portefinestre che si aprivano sulla piscina, questa parte della casa non aveva altre finestre. E per fortuna, le portefinestre erano chiuse, con le tende tirate. Mi appostai accanto all'ingresso laterale e alla siepe di alloro, dove sarebbe stato difficile vedermi. Ero fuori dal campo visivo dell'interno della casa e dell'esterno, dove era parcheggiata l'auto di Serena. Dovevamo solo aspettare che se ne andassero.

Ma c'era un problema: la mia macchina era parcheggiata lì fuori. Magari avrebbero avuto fretta di andarsene e non avrebbero guardato a lato della casa. Trattenni il respiro, sperando per il meglio, ma preparandomi anche al peggio.

Feci un respiro profondo, mentre studiavo le mie prossime mosse.

Nonna Vi andava avanti e indietro, disperata. "Cendrine, non puoi mettere piede in quella casa".

"Non ho bisogno di entrare". Ammettere che ero già stata dentro l'avrebbe solo agitata di più. Nonna Vi fluttuò accanto a me, mentre io premevo il mio corpo contro l'alta siepe di alloro. I rami appuntiti mi punzecchiavano attraverso la giacca e i jeans, rendendo doloranti le mie braccia e le mie gambe, mentre cercavo di appiattirmi sempre di più nella siepe.

Il portone d'ingresso si chiuse con un colpo, seguito a ruota dal rumore di passi e da voci che si facevano ogni secondo più lontane. Qualche attimo dopo, si sentirono sbattere le portiere dell'auto e si avviò il motore. I pneumatici si mossero sulla ghiaia, e poi finalmente ci fu silenzio. Diedi un'occhiata intorno alla siepe, giusto in tempo per vedere i fanali posteriori scomparire dietro la curva del viale di accesso. Questa era la mia unica possibilità di vedere cos'era successo, attraverso la magia. C'erano poche speranze che il mio piano funzionasse, ma valeva la pena provarci.

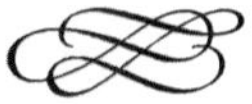

CAPITOLO 20

Nonna Vi faceva da vedetta, fluttuando quattro metri sopra la mia testa. Dal suo punto di osservazione, mi avrebbe avvertito se qualcuno avesse imboccato il viale per Villa Rocklin, o se dalla casa fossero emerse altre persone. Dubitavo che ci fosse dentro ancora qualcuno, ma non potevo esserne certa.

"Sbrigati, Cendrine! Ogni minuto che passiamo qui, è un minuto di troppo" mi bisbigliò.

Il mio cuore accelerò, mentre mi trovavo sul cemento del bordo della piscina con la mia torcia, alla ricerca di qualcosa che fosse fuori luogo, come un'arma del delitto. Era assurdo pensare che avrei trovato qualcosa, dato che la polizia aveva già setacciato l'intera area. Probabilmente non gli era sfuggito nulla, tuttavia valeva la pena dare un'altra occhiata, anche al buio. Era un ultimo tentativo disperato per dimostrare la mia teoria che la morte di Steve non era un incidente. Non era però l'unico motivo per cui mi trovavo qui.

Nonna Vi mi lesse nel pensiero. "Tutto è possibile, ma devi *fare* qualcosa in questo preciso istante. Smettila di stare lì impalata, e fallo".

"Ok, ok, ma mi stresso se mi metti fretta". A dire il vero, ero nervosa. Temevo di non essere in grado di fare l'incantesimo in un luogo dove i nostri poteri magici si erano drasticamente ridotti. I poteri di mia madre non avevano funzionato del tutto quando lei aveva cercato di salvare Steve. Perché i miei avrebbero invece dovuto funzionare ora?

No, dovevo pensare positivo.

Feci un respiro profondo e mi avvicinai alla piscina. Mi concentrai. Alzando le mani, con i palmi rivolti all'esterno, dissi:

C'è qualcosa qui di strano,
  Di mostrarlo ti chiediamo,

Mostra l'arma che ha dato il colpo,
  Aiutaci a trovare quello stolto!

Attesi, ma non successe nulla.

"Prova a girarti da un'altra parte" suggerì nonna Vi.

Mi voltai a sinistra e ripetei l'incantesimo.

Ancora nulla.

Mi voltai un'altra volta e pronunciai l'incantesimo. Qualunque fosse la direzione in cui mi giravo, non succedeva niente.

Sollevai lo sguardo verso nonna Vi. "Sto facendo qualcosa di sbagliato?"

Mia nonna aggrottò le sopracciglia. "No, è colpa di questo posto maledetto. I nostri incantesimi sembrano non funzionare qui. Oppure è stato davvero un incidente, e non c'è nessuna arma da trovare. Forse non lo sapremo mai".

"Deve esserci qualcos'altro che posso provare. Magari un altro incantesimo?" A quel punto, me ne sarei potuta andare, ma avrebbe significato gettare all'aria tutta quella missione rischiosa.

Nonna Vi sospirò. "Nulla funzionerà, a meno che tu non riesca a eliminare l'incantesimo che sta causando tutto questo: la maledizione dei Rocklin".

Puntai la torcia intorno alla piscina per un'ultima volta. Nessuna arma del delitto, nemmeno un galleggiante da piscina. Mi voltai, per tornare al cancello.

E, proprio in quel momento, la mia torcia illuminò qualcosa. Uno sprazzo di bianco sotto alla siepe attirò la mia attenzione. "Aspetta! Forse il mio incantesimo ha funzionato, dopo tutto. Ho trovato qualcosa".

Mi avvicinai e mi inginocchiai. Allungai il braccio sotto alla siepe. La mia mano afferrò un piccolo pezzo di carta, bagnato e coperto di terra. Lo estrassi con cautela e lo pulii con le dita, rivelando dei numeri scritti con un inchiostro blu violaceo chiaro.

"Cos'è?" chiese nonna Vi.

Illuminai il pezzo di carta con la torcia. "Purtroppo non è l'arma del delitto; solo uno scontrino emesso da una cassa di vecchio tipo". Non c'era la descrizione degli articoli acquistati, bensì solo 3 righe con i prezzi e la dicitura 'articolo 1, articolo 2, articolo 3'.

Stavo per gettarlo via, quando nonna Vi si abbassò per guardarlo da vicino.

"Mmmhh. Le cose non sono sempre così ovvie, Cen. Potrebbe essere un indizio che ti condurrà all'arma del delitto".

"Stai solo cercando di tirarmi su il morale". Avevo immaginato che l'arma fosse qualcosa di pesante, come un mattone o un sasso, non un semplice pezzo di carta. Ma nonna Vi poteva avere ragione. Mi tornò alla mente un gioco che facevo da bambina: la morra cinese.

Le regole del gioco erano: il sasso spezza le forbici, le forbici tagliano la carta, e la carta avvolge il sasso. *La carta avvolge il sasso.* Poteva trattarsi di un segno, ma di cosa? Non ne avevo idea. Gli incantesimi spesso si rivelavano diversi dalle aspettative per molti motivi. Lo scontrino era uno scherzo perverso della maledizione dei Rocklin? Dubitavo che la polizia di Shady Creek si fosse potuta perdere una prova così evidente durante la perlustrazione. Tuttavia, non ero del tutto convinta che lo scontrino si fosse materializzato in seguito al mio incantesimo.

Magia o meno, conoscevo un posto che rilasciava scontrini uguali a questo. Dovevo andare a controllarlo; ma prima, c'era un'ultima cosa che dovevo fare.

CAPITOLO 21

Nonna Vi fluttuava accanto al cancello, in preda all'agitazione. "Dobbiamo andarcene, ora! Mi sento debole qui, va molto male, Cen".

"Lo so, lo sento anch'io. Ho solo bisogno di abbastanza tempo per essere sicura di dire le parole giuste". Ero in piedi accanto al punto esatto della piscina in cui il corpo di Steve aveva galleggiato ore prima. Era la mia unica possibilità, e non volevo affrettare l'incantesimo e rovinare tutto, specialmente quando l'incantesimo poteva annullare una maledizione vecchia di decenni.

"I nostri poteri magici si indeboliscono con ogni minuto che passa, è molto pericoloso per noi stare qui. Recita quel maledetto incantesimo!" Dalla sua tasca trasparente cadde un pezzo di carta; lo afferrai mentre volteggiava verso il basso. Lo aprii e vidi il testo dell'incantesimo che zia Pearl aveva recitato, senza alcun successo, alla locanda. Il mio piano di provare l'incantesimo direttamente a Villa Rocklin era una scommessa azzardata, ed ero grata di avere il testo scritto, anziché doverlo recitare a memoria.

Feci un respiro profondo e pregai per un miracolo:

. . .

124

MALEDIZIONE, ti distruggerò

E scomparire ti guarderò

Mai più fastidio ci darai

Vattene insieme a tutti i tuoi guai

Questo posto proteggerò

E per sempre ti caccerò

I tuoi poteri sono finiti

E per sempre saranno banditi

Ti trasformerai da strega a mortale

E mai più tornerai nel portale

Pagherai per questo danno

E i tuoi sogni moriranno

Maledizioni mai più farai

E nel dubbio per sempre vivrai

E ora vai via per il resto degli anni

E mettiamo fine a tutti i tuoi danni.

NONNA VI SUSSULTÒ. "Cen, l'hai detto sbagliato! È ora vai via per quarantun anni, non per il resto degli anni!"

Le mostrai il foglio e scossi la testa. "No, qui dice per il resto degli anni".

"E allora perché Pearl ha detto quarantun anni? Non commetterebbe mai un errore così stupido".

Rilessi il foglio. "Dice chiaramente che è per sempre; è quello che vogliamo, no?"

Nonna Vi si concentrò sul foglio. "Accipicchia, hai ragione! Adesso mi ricordo... esistono diverse versioni dell'incantesimo. La frase sulla durata fu cambiata molti anni fa, in seguito alla modifica di una regola della WICCA. Una parola cambia tutto".

La sua voce fu sovrastata da un rumore di tuoni dal cielo. Tutto si fece scuro, mentre i tuoni aumentavano, seguiti un minuto dopo da un acquazzone.

Pioggia? Strano, dato che la temperatura era sottozero. Faceva troppo freddo per qualsiasi cosa, a parte la neve.

Eppure, si trattava di pioggia. Grandi gocce calde mi inzupparono, come in una pioggia tropicale, diversa dalla pioggia gelida che solitamente cadeva sullo Stato di Washington.

La sagoma trasparente di nonna Vi fluttuava verso di me, indenne dall'improvviso diluvio. Nonna Vi si mise a battere le mani. "Mi sento già più forte. Ce l'hai fatta, Cen! Hai spezzato l'incantesimo!"

Pur non notando alcun cambiamento intorno a me, provai un senso di leggerezza e stordimento quando sollevai lo sguardo verso il cielo. Mi misi a ridere, mentre quelle gocce calde mi cadevano sul volto. Provai un senso di pace interiore. C'era qualcosa di rassicurante, e allo stesso energizzante, nell'aria.

Un peso invisibile, di cui non mi ero accorta, era stato improvvisamente sollevato dalle mie spalle. Tutto sembrava più leggero, come se mancasse la gravità. Persino il mio girovita si era ristretto. "Una piccola parola e tutto cambia? Com'è possibile?"

"La WICCA ha bandito gli incantesimi 'per sempre' anni fa, quando introdusse un limite temporale".

"Ma se è così, perché il mio incantesimo ha funzionato, e quello di zia Pearl no? Io ho detto 'Vai via per il resto degli anni'. Zia Pearl ha detto 'Vai via per quarantun anni'. È il suo incantesimo che avrebbe dovuto funzionare, non il mio".

"In teoria è così" rispose nonna Vi. "Tuttavia, è stato commesso un errore. La maledizione dei Rocklin originale diceva 'per sempre', ma quando la regola della WICCA ha cambiato tutte quelle frasi in quarantun anni, la maledizione originale fu rilanciata con il limite di quarantun anni. Anche il controincantesimo diceva quarantun anni".

"Se è così, la maledizione dovrebbe essere scaduta anni fa, al termine dei quarantun anni" dissi.

"Ci fu un appello riguardo al limite di quarantun anni e, dopo qualche anno, la WICCA cambiò idea. La regola fu applicata solo ai nuovi incantesimi, non a quelli preesistenti. Fu quindi reintrodotta la clausola originale 'per il resto degli anni' agli incantesimi preesistenti. Sono pochi gli incantesimi 'per sempre' ancora attivi. Immagino che Pearl abbia aggiornato il suo libro degli incantesimi alla luce della prima modifica, ma si sia dimenticata di rimettere il 'per sempre' ai vecchi incantesimi".

"Ma come ha potuto la nostra intera famiglia non accorgersene?"

"È abbastanza semplice, Cen. La maledizione non era attiva, quindi non ne sentivamo gli effetti negativi. Pensavamo che la WICCA avesse sbrigato tutte le pratiche riguardanti il cambio della regola, e che la maledizione fosse completamente annullata dal nostro controincantesimo originale. Se non che, in questo caso, la maledizione originale e il controincantesimo non erano allineati".

Iniziavo a capire cos'era successo. "Non potevano annullarsi a vicenda perché non erano allineati. Era stata reintrodotta la maledizione originale 'per sempre' dei Rocklin, ma a causa dell'errore burocratico della WICCA, il controincantesimo 'per sempre' doveva essere rifatto?"

Nonna Vi annuì. "Esatto. Avremmo dovuto controllare, ma ci siamo fidate della WICCA. Non si scherza con maledizioni grandi come quella. Lanciare troppi controincantesimi alle maledizioni potenti può avere gravi conseguenze".

"Mi sono liberata di una maledizione che non sapevo nemmeno esistesse. Adesso la mia vita dovrebbe migliorare drasticamente, vero?" Questo avrebbe potuto cambiare tutto. Avrei potuto mangiare qualsiasi cosa senza mettere su un grammo, il mio giornale avrebbe ricavato un profitto senza fare così fatica, e anche la locanda e la scuola di Pearl avrebbero guadagnato soldi. Westwick Corners sarebbe stata una fiorente cittadina, anziché una specie di città fantasma.

Nonna Vi interruppe i miei pensieri: "Dubito che la tua vita cambierà molto. Può essere difficile distinguere tra una maledizione e la semplice sfortuna. L'unico segnale certo è quando la sfortuna è davvero fuori dall'ordinario; in quel caso, si tratta probabilmente di una maledizione".

"Come il buco nel soffitto, o l'autoradio che prende fuoco?"

"Il soffitto, sì. Ma l'autoradio è stata colpa mia" disse orgogliosa nonna Vi. "Non ho perso colpi".

"Zia Pearl avrebbe dovuto aggiornare tutti gli incantesimi nel suo libro. O almeno, si sarebbe dovuta ricordare di farlo".

Nonna Vi scosse la testa. "Lo sai che tua zia è un disastro con i dettagli, e stiamo tutte invecchiando e diventando più smemorate. Penso che, nella foga del momento, quando il soffitto si è squarciato, sia stata presa dal panico".

"Ma zia Pearl non ha paura di niente e di nessuno" dissi.

"Ha paura di molte cose, Cen. È solo brava a nasconderlo. Avrei dovuto prestare più attenzione al suo incantesimo, ma ero troppo agitata e distratta dopo avere combinato quel guaio con il tuo computer. Mi dispiace non aver notato le parole fino a questo momento; avrei potuto prevenire una tragedia". La sua aura pulsava, passando dal chiaro allo scuro; era l'equivalente di un pianto inconsolabile da parte di un fantasma. Le posai una mano sulla spalla trasparente. "Non è colpa di nessuno, nonna".

La sua aura si fece scura. "È colpa mia. La rovina di questa cittadina e tutto il resto sono il risultato di una maledizione che avrei potuto rimuovere decenni fa. Immagina come sarebbe stato tutto diverso".

Fatta eccezione per il fatto che, se tutto si fosse svolto in modo diverso, avremmo vissuto vite diverse. Non avremmo mai trasformato la nostra casa in una locanda, Tyler non sarebbe mai arrivato qui dopo avere accettato il ruolo di sceriffo che nessun altro voleva, e io avrei sposato un altro.

"Nonna, mi piacciono le cose come sono e non cambierei nulla. Per quanto riguarda Steve, è probabile che la sua morte non abbia nulla a che fare con la maledizione".

Nonna Vi si asciugò una lacrima immaginaria. "Lo pensi davvero?"

Osservai lo scontrino. "La nostra fortuna ha preso una svolta sotto molti aspetti".

CAPITOLO 22

Svoltai nella stazione di servizio Gas N'Go e parcheggiai sul lato dell'edificio. Nonna Vi aspettò in macchina. Passai davanti ai distributori deserti e raggiunsi l'unico gradino che conduceva al negozio. Mentre aprivo la porta ed entravo, mi tornò alla mente Wilt, l'ex cassiere del Gas N'Go, attualmente ospite della prigione di Las Vegas. Cherise, che l'aveva sostituito, era l'esatto contrario di Wilt; era simpatica e disponibile, e tutti le volevano bene. Di fatto, era persino troppo allegra e desiderosa di aiutare i clienti. Avrebbe aiutato sorridendo a riempire il serbatoio anche un rapinatore a mano armata.

"Ciao Cen, è da un po' che non ti vedo!" Cherise era in piedi dietro al bancone. "Cosa desideri? Il solito?"

Il mio stomaco iniziò a borbottare alla vista del vassoio di brioche al cioccolato dietro alla vetrina. "No, grazie. Sono qui per un'altra cosa".

Cherise prese un piatto a forma di cuore, pieno di cioccolatini, dal bancone. "Vuoi provarne uno? Sono arrivati questa mattina".

Sebbene la tentazione fosse forte, non volevo rischiare di perdere il mio nuovo girovita snello. Il Gas N'Go vendeva ogni anno la stessa selezione di cioccolatini. Sapevo per certo che, per la maggior parte, erano le rimanenze di San Valentino dell'anno prima, o addirittura di quello prima ancora. Facevamo tutti il possibile per guadagnarci la pagnotta in una cittadina senza lavoro, e non sempre facevamo la cosa giusta.

Scossi la testa con finta noncuranza, nonostante il disagio che provavo dentro. "No grazie, sono qui per un altro motivo".

"Sei sicura? Questi cioccolatini stanno andando a ruba. Magari una scatola da regalare a Tyler per San Valentino?" Cherise mi fece un occhiolino esagerato con l'occhio destro; sarebbe stato comico, se non fosse stato così palesemente disperato.

Volevo che la mia sorpresa di San Valentino per Tyler fosse una cosa unica, non di certo i cioccolatini ammuffiti che Cherise stava cercando di rifilarmi. Mi rimaneva tuttavia poco tempo, e dovevo ancora trovare qualcosa di adatto. Lo svantaggio di una piccola cittadina era che tutti sapevano gli affari di tutti. A dire il vero quasi tutti, perché ancora non ero riuscita a capire chi mi avesse pagato per l'inserzione a piena pagina nel numero di San Valentino.

"Grazie Cherise... magari dopo".

"Non ti rimane molto tempo" disse Cherise con un tono ormai leggermente disperato. "È quasi San Valentino".

Al momento avevo questioni più importanti di cui occuparmi. "A dire la verità, sono qui per chiederti un favore. Hai delle telecamere di sicurezza, vero?"

Cherise annuì e il suo sorriso scomparve. Fece segno a tre schermi sopra alla cassa. "Una sopra alla porta, una sopra al distributore e una sopra alla cassa. Perché? C'è qualche problema?"

Non potevo lasciarmi sfuggire nulla sui personaggi famosi che si trovavano qui, tantomeno ora che uno di loro era morto. La notizia si sarebbe sparsa per la città in un istante. "Non esattamente. È solo che zia Pearl ha fatto ancora qualcosa di pazzo. Mi servono delle prove concrete prima di poterla accusare. E voglio anche ripagare il tuo negozio, se necessario".

Cherise spalancò gli occhi. "Pearl ha fatto qualcosa qui, al Gas N'Go? Non avrà mica ricominciato con i suoi trucchetti da piromane? Spero che non dovremo ancora tapparci tutti in casa".

"No, no... nulla di tutto ciò. C'è solo una piccola possibilità che..." sollevai una mano. "Non posso accusarla senza prove. Probabilmente non è nulla, ma devo controllare ai fini della sicurezza".

Dato che una volta Zia Pearl aveva provato a fare saltare la stazione di servizio, Cherise non mise in discussione la mia strana richiesta. Cherise era abbastanza impicciona, ma aveva paura di rimanere coinvolta in una delle azioni criminali di zia Pearl.

"Certo, Pearl. E grazie per proteggerci tutti". Cherise appoggiò il piatto di cioccolatini e uscì da dietro al bancone. "Cosa ti serve?"

"Posso vedere le riprese degli ultimi due giorni?"

Cherise scrollò le spalle. "Non sarei autorizzata a mostrarle a nessuno, ma date le circostanze, non vedo cosa ci sia di male. Però non dirlo a nessuno".

"Non lo dirò a nessuno, te lo prometto".

Cherise si avviò verso la porta d'ingresso. "Dammi un minuto e ti farò trovare tutto pronto. Immagino che, qualunque sia la cosa che ha fatto Pearl, non sia troppo brutta. Intendo dire che l'edificio è ancora in piedi e siamo aperti, no?"

"Apprezzo il tuo atteggiamento positivo". Posai lo sguardo sugli schermi posizionati sopra alla cassa. Cherise apparve sullo schermo. Girò il cartello *Entrate, siamo aperti* mostrando il messaggio sul retro *Chiuso; torno a breve*. Spostò in avanti di 15 minuti la lancetta più corta dell'orologio di plastica e rigirò il cartello affinché fosse esposto il lato con l'orologio.

La telecamera di sicurezza del Gas N'Go era un vecchio modello, con una risoluzione sfocata; tuttavia, la qualità era sufficientemente buona da poter identificare Cherise, o chiunque fosse passato accanto o attraverso la porta.

Mi sentii in colpa a incolpare zia Pearl, ma se il mio presentimento si fosse rivelato giusto, avrei avuto tempo per chiarire la situazione più tardi.

"Cherise, a che ora hai iniziato a lavorare oggi?"

"Alle sette della mattina, come al solito. È stato il mio primo turno in quattro giorni. Seguimi".

La seguii lungo uno stretto corridoio che conduceva al retro del negozio.

Cherise aprì la porta di una stanzetta. Degli scatoloni polverosi erano appoggiati contro una parete, sotto a un grande calendario di due anni prima.

Una scrivania in legno di quercia dall'aspetto antico era coperta da pile di fogli e vecchie riviste. Dietro alla scrivania c'era una sedia da ufficio in pelle verde. I braccioli erano strappati e usurati; ciò che rimaneva era tenuto insieme da nastro adesivo.

"Mostrami dove posso guardare le riprese, così puoi tornare al lavoro. Ti prometto che non ci metterò molto". Toccai la chiavetta usb che tenevo nella tasca della giacca, sperando che il mio piano non si rivelasse inutile. Speravo davvero di trovare qualcosa, perché l'alternativa, ovvero che Steve fosse morto a causa della maledizione, sarebbe stata una tragedia catastrofica.

Cherise si sedette e afferrò la maniglia dell'ultimo cassetto della scrivania. Estrasse un portatile dal cassetto e lo appoggiò sulla scrivania. Lo accese e digitò qualcosa sulla tastiera. Lo schermo si illuminò e si riempì di riprese delle telecamere di sorveglianza della porta d'ingresso del Gas N'Go. Mi indicò le frecce verso l'alto e verso il basso nella parte inferiore dello schermo. "Clicca sul menu in alto per passare da una telecamera all'altra. Vieni a chiamarmi se hai bisogno di aiuto".

"Grazie, Cherise". Non sollevai nemmeno lo sguardo; stavo già facendo scorrere tutte le immagini.

Sentii i passi di Cherise allontanarsi lungo il corridoio, mentre lei tornava nel negozio.

Estrassi dalla mia tasca lo scontrino bagnato e lo distesi per bene. Lo scontrino aveva una data e un'ora, ma a causa dell'inchiostro scolorito, riuscivo solo a leggere la data di ieri. Decisi di iniziare la mia ricerca dall'ora di apertura, ieri alle sette della mattina, e tornai indietro fino alla prima comparsa di un movimento sullo schermo. Cherise dava la schiena, mentre apriva la porta e girava il cartello dal lato blu che diceva *'Entrate; siamo aperti'.*

Osservai ogni singolo fotogramma, fermandomi ogni volta che

una sagoma scuriva l'ingresso. Non c'era alcun audio. Era come guardare un noiosissimo film muto. Ci furono decine di clienti: uomini e donne del luogo, e un paio di ragazzini. Uno dei clienti era Tyler. Fermai il fotogramma per un momento, per ammirare il mio ragazzo alto e muscoloso, bellissimo nella sua uniforme da sceriffo.

Cherise gli offrì lo stesso vassoio di cioccolatini che aveva offerto a me. Lui rifiutò con un sorriso educato, prima di spostarsi sul retro del negozio, lontano dalle telecamere. Qualche minuto dopo, tornò alla cassa con un muffin e un caffè; pagò e uscì poco dopo.

Cherise stava davvero cercando di sbarazzarsi di quei cioccolatini!

Inoltre, ieri aveva lavorato, sebbene mi avesse detto il contrario. Perché mi aveva mentito, dicendomi che oggi era il suo primo turno dopo quattro giorni? Non poteva averlo dimenticato. Qualunque fosse il suo motivo per mentirmi, non poteva essere serio; dopo tutto, mi aveva lasciato guardare le riprese delle telecamere di sicurezza, sapendo che l'avrei vista.

Ricominciai a guardare i filmati; solo intorno a mezzogiorno ci fu un po' più di movimento. Passavano interi minuti senza che nessuno entrasse o uscisse dal negozio, minuti in cui non succedeva letteralmente nulla. Iniziai a mettere in dubbio che questa fosse la pista giusta.

Passò un'ora senza alcun cliente, poi appena passate le tre del pomeriggio, due ragazzini entrarono nel negozio, ridendo e scherzando. I fratelli Puhl comprarono delle bibite e delle patatine, e se ne andarono qualche minuto dopo.

Il negozio tornò a essere tranquillo, e ci fu un altro periodo morto, senza clienti né consegne. Cherise era seduta alla cassa che leggeva delle riviste. Un turno lunghissimo non era così male come potesse sembrare, date tutte le pause tra un cliente e l'altro. Come facesse il Gas N'Go a stare a galla era un mistero, tuttavia le telecamere dimostravano chiaramente come quei cioccolatini non fossero 'arrivati stamattina' come sosteneva Cherise.

Stavo per gettare la spugna, quando una sagoma scurì la porta d'ingresso e la aprì. Secondo l'orario sul fotogramma, erano quasi le sette della sera.

Sentii un brivido lungo la schiena, mentre strizzavo gli occhi per vedere meglio lo schermo. L'uomo sembrava più un rapinatore che un cliente, vestito di scuro, con una felpa nera il cui cappuccio gli copriva in parte il volto. Si guardò nervosamente intorno, poi guardò verso il basso, come se cercasse di evitare di essere visto o riconosciuto, proprio come un rapinatore esperto.

Si diresse verso il retro del negozio, dove le telecamere non potevano riprenderlo. Si muoveva velocemente, come se avesse fretta. Era chiaro, dalle riprese, che quest'uomo non volesse interagire, né essere ricordato. Sembrava che stesse per fare qualcosa di losco, ma da quella particolare angolazione della telecamera non potevo vedere molto.

Passai alla telecamera che riprendeva la cassa, e tornai all'orario di apertura di ieri. Feci passare i fotogrammi al doppio della velocità, vedendo gli stessi clienti di prima, ma questa volta mi concentrai sulle singole persone mentre pagavano Cherise.

Cherise scambiava qualche convenevole con ognuno, e provava sempre a rifilare i cioccolatini di San Valentino. Continuavo a chiedermi perché mi avesse detto di non avere lavorato ieri. Quale motivo poteva avere per mentirmi?

Rallentai le riprese alla velocità normale e guardai Cherise scherzare con una coppia che stava acquistando dei biglietti della lotteria. Provò a vendergli la stessa scatola di cioccolatini che aveva offerto a me, poi sgridò i due giovani Phul perché, al distributore di granite, stavano riempendo troppe volte il bicchiere gratis.

Due minuti prima delle sette di sera, l'uomo misterioso arrivò alla cassa con i suoi acquisti. L'articolo più grosso era bianco, grande e rettangolare, ma a causa della scarsa risoluzione delle immagini, era difficile vederlo nel dettaglio. La confezione era più grande della maggior parte degli articoli venduti a una stazione di servizio. A giudicare dal modo in cui l'uomo l'aveva posato sul bancone, doveva essere pesante.

Cherise non tentò di spostarlo, ma si limitò a puntargli contro il lettore del codice a barre, passando poi agli altri due articoli. Non riuscivo a capire cosa fossero i due articoli più piccoli, ma questo era l'unico cliente che ieri avesse comprato tre cose.

Sorridendo, Cherise si mise il dito indice davanti alla bocca, e disse qualcosa all'uomo. Non potevo sapere se lui avesse risposto, poiché dava le spalle alla telecamera. Prese il portafoglio ed estrasse una mazzetta di banconote. Ne prese tre con una mano guantata, e le diede a Cherise. Estrasse quindi un grande sacchetto nero dalla tasca della giacca, e vi inserì gli acquisti. Mi sembrava un gesto insolito, perché gli uomini raramente portano con sé in tasca dei sacchetti riutilizzabili. Oltre a ciò, la maggior parte della gente si toglie i guanti quando entra in un negozio, specialmente quando deve pagare. Quest'uomo sembrava intenzionato a coprire le proprie tracce.

Cherise mise il resto nel palmo guantato dell'uomo, e lui infilò le monete nella tasca dei pantaloni. Si girò e uscì dal negozio con i suoi acquisti, tenendo una mano sotto al sacchetto per sostenerne il peso.

L'oggetto misterioso era strano e pesante, a giudicare dal modo in cui l'uomo lo trasportava. Di qualunque cosa si trattasse, era abbastanza pesante da uccidere qualcuno. Poteva trattarsi di uno degli articoli dello scontrino? Questo scontrino doveva sicuramente appartenere a quell'uomo. Nessuno degli altri clienti aveva acquistato tre articoli. Avrei voluto essere in grado di capire cosa fossero quelle tre cose. Ingrandii le immagini, un fotogramma dopo l'altro, ma più le ingrandivo, più la risoluzione le rendeva sfuocate.

Siccome non volevo rivelare a Cherise il vero motivo della mia visita, non potevo chiederle cosa fossero i tre articoli. Improvvisamente, ebbi un'idea. Sarebbe stato difficile identificare gli oggetti più piccoli, ma non c'erano molti oggetti di grandi dimensioni nel negozio. Ricordai che l'uomo si era diretto per prima cosa sul retro.

Tornai nel negozio, dove Cherise si accorse della mia presenza.

"Sto solo controllando qualcosa, non ho ancora finito" dissi.

Lei annuii e si rimise a leggere la sua rivista.

Percorsi tutte le corsie, alla ricerca di un oggetto pesante, grande e squadrato.

Tornai nell'ufficio e riguardai ancora ogni singolo fotogramma. Misi il video in pausa, mentre mi batteva forte il cuore. Estrassi il telefono dalla tasca e chiamai Tyler: "Incontrami al tuo ufficio. Penso di avere trovato l'arma del delitto".

Dopo esserci accordati per incontrarci, presi la chiavetta usb dalla borsa e copiai i file video. Quando ebbi finito, misi la chiavetta nella tasca interna della mia borsa chiusa con una zip. Rimandai indietro il filmato fino all'inizio; non volevo che Cherise, né nessun altro, sapessero cosa avevo visto, almeno fino a che non avessi capito cosa fosse successo.

CAPITOLO 23

*D*ieci minuti dopo, eravamo seduti nell'ufficio di Tyler, davanti allo schermo del suo computer. Estrassi la chiavetta dalla tasca della borsa e la inserii nel computer. Cercai le riprese dell'uomo vestito di nero che entrava nel Gas N'Go.

"Non è la risoluzione migliore, ma riconosci quel tipo?" puntai allo schermo.

Tyler strizzò gli occhi per vederci meglio. "Non è Jason McCoy?"

"Sì. All'inizio non l'ho riconosciuto, ma immagino che la gente famosa giri in incognito per evitare di essere riconosciuta. Ha comprato del ghiaccio". Era stato difficile vedere i dettagli sul vecchio monitor del Gas N'Go, ma sul grande schermo della stazione di polizia erano molto più nitidi.

Tyler arrossì: "Ghiaccio?"

Arrossii anch'io, ricordandomi cos'altro a volte veniva chiamato, in gergo, 'ghiaccio', ovvero i diamanti. Tyler si era accorto della scomparsa dell'anello?

"Il ghiaccio è abbastanza pesante per uccidere qualcuno".

"Probabilmente l'ha comprato solo per bere. Ha comprato qualche cosa dopo l'arrivo in città, per avere degli snack e delle bibite a portata di mano: il motivo più logico è quello più probabile".

Mi schiarii la voce: "Ma quello è un blocco di ghiaccio. Capisco se fosse ghiaccio tritato, perché la gente lo usa nelle bevande. Ma a chi serve un blocco di ghiaccio in pieno inverno?"

"Il Gas N'Go non è esattamente super organizzato" disse Tyler. "Magari avevano esaurito il ghiaccio tritato, e rimanevano solo i blocchi di ghiaccio".

Guadammo Jason che pagava, che si girava verso la porta, e poi scompariva dalla vista della telecamera. Fermai il filmato e cliccai sulla telecamera della porta d'ingresso. Ricomparve Jason. Camminava verso la porta, cercando di tenere in equilibrio il freddo e pesante blocco di ghiaccio, e poi aprì la porta. Fuori si vedeva la sua Porsche, parcheggiata accanto al distributore più vicino al negozio.

Tornai alle riprese di Cherise e Jason alla cassa. Jason era vestito in modo tale da non essere riconosciuto, ma Cherise doveva avere capito chi fosse. Si era messa il dito davanti alle labbra per far capire a Jason che avrebbe mantenuto il segreto. Non lo potevo sapere per certo, perché il video non aveva l'audio, ma spiegava il motivo per cui Cherise mi avesse mentito sulla sua presenza al lavoro ieri: temeva di lasciarsi scappare la visita segreta di Jason McCoy nella nostra cittadina.

Estrassi lo scontrino dalla borsa e lo diedi a Tyler. "L'ho trovato sotto alla siepe della piscina. Si tratta probabilmente dello scontrino di Jason, perché ieri è stato l'unico cliente a comprare tre cose. Non so cosa siano gli altri due articoli; potrebbe non essere nemmeno importante".

Tyler si accigliò. "Lo scoprirò. Come ha fatto la polizia di Shady Creek a non trovare quello scontrino? Hanno guardato dappertutto".

Non nutrivo una grande fiducia nella polizia di Shady Creek, ma sembrava improbabile che si fossero persi uno scontrino. "Magari l'ha portato lì il vento in un momento successivo? Gli uomini della scientifica erano propensi all'ipotesi di un incidente, non di un omicidio, e ciò ha forse influito sull'accuratezza delle loro ricerche".

"Sono molto deluso, dovrò dirgli due parole a riguardo" disse Tyler. "Serena non ha mai parlato della stazione di servizio. Ha detto che sono andati tutti direttamente a Villa Rocklin e che sono rimasti lì".

Picchiettai sullo schermo. "Magari ha mandato Jason a prendere delle cose appena dopo il loro arrivo, e se ne è scordata".

Tyler sospirò: "Immagino di sì".

"Il ghiaccio però è davvero strano, Tyler. Quando la gente va in campeggio in estate, oppure va a pescare, usa il ghiaccio tritato quando i blocchi di ghiaccio non sono disponibili, ma nessuno usa i blocchi di ghiaccio per le bevande quando quello tritato non è disponibile".

Tyler rifletté per qualche istante. "Ok, quindi Jason ha comprato questo blocco di ghiaccio, ma non l'abbiamo trovato alla villa. Magari l'avevano già usato per qualcosa".

Sentii un nodo in gola al pensiero del 'ghiaccio' mancante: dovevo trovare quell'anello. "Non l'hanno usato per bere".

"Non abbiamo trovato ghiaccio nel freezer, e abbiamo setacciato la casa e i giardini. Entrambi i freezer erano vuoti".

"Tuttavia, Steve è morto per trauma cranico, e un blocco di ghiaccio può colpire in modo pesante". Riavviai il video e guardammo entrambi l'uscita di Jason dal negozio. "Vedi come lo sta portando? Non era tanto il peso del ghiaccio a dargli fastidio, quanto il fatto che era gelido. Forse è per questo che indossava i guanti, oltre a non voler lasciare impronte. Tiene il blocco di ghiaccio appoggiato sul fianco perché è pesante e difficile da trasportare".

Tyler spalancò la bocca: "È la perfetta arma del delitto. Sufficiente-mente pesante da uccidere, ma senza lasciare tracce. Spiegherebbe il livido sulla tempia di Steve, e si era sciolto prima che potessimo trovarlo".

"Quanto ci mette a sciogliersi un blocco di ghiaccio?" chiesi.

"Fuori, nel freddo gelido, potrebbe volerci un po', anche in una piscina riscaldata. Dipende tutto dall'impostazione della temperatura della piscina".

"Oppure si potrebbe fare più velocemente sotto un rubinetto di acqua calda, oppure nel microonde" dissi.

Tyler annuì. "Si tratta decisamente di una possibilità. I tempi continuano a essere molto stretti però, considerato il poco tempo trascorso da quando tu e Ruby avete visto Steve vivo, e quando Ruby ha trovato il cadavere".

Annuii. "Penso che il ghiaccio sia stato lasciato a sciogliere nella piscina. Spiegherebbe la temperatura disomogenea che ho sentito quando ho messo la mano nell'acqua; era molto fredda in alcuni punti. E c'erano dei pezzetti di ghiaccio che galleggiavano in superficie, sebbene fosse una piscina riscaldata. Pensavo che l'acqua fosse gelida a causa del freddo, ma ora penso che potessero essere dei pezzetti del blocco di ghiaccio. Magari i pezzi più grandi erano stati rimossi e sciolti nel lavandino, oppure eliminati con lo sciacquone del gabinetto".

"Hai messo una mano nell'acqua? Sul luogo del delitto? Cen!"

Alzai le mani in segno di scuse. "Mi dispiace. Zia Pearl aveva fatto cadere la tua giacca nell'acqua. In realtà, solo parte della giacca era in acqua, e dovevo tirarla fuori".

Tyler aveva gli occhi spalancati mentre infilava la mano nella tasca destra della giacca. Rimase a bocca aperta quando si rese conto che la tasca era vuota, e che stava indossando una giacca diversa. "La giacca sul sedile posteriore della mia auto... dov'è quella giacca?"

Il mio cuore accelerò, mentre pensavo all'anello di fidanzamento che si trovava in quella tasca. "Non preoccuparti, è al sicuro. L'ultima volta che l'ho vista era alla locanda, appesa ad asciugare sull'attacca-panni all'ingresso".

Ci guardammo negli occhi.

Lui fissava i miei, probabilmente per capire se sapessi dell'anello.

Sebbene fosse difficile, riuscii a rimanere inespressiva. "Cosa c'è che non va?"

Tyler corrugò le sopracciglia. "Niente".

Arrossii e distolsi lo sguardo. Riportai la conversazione ai McCoy. "I McCoy sono fuori a cena, ma cosa succede se lasciano la villa quando rientrano? Dobbiamo tornare là".

"Hai ragione, andiamo. Chiama Ruby e chiedile di incontrarci alla villa con le chiavi".

CAPITOLO 24

Quando io e Tyler tornammo a Villa Rocklin, mamma e zia Pearl ci stavano già aspettando davanti alla porta d'ingresso. C'era anche nonna Vi, che fluttuava sopra di loro e raccontava con orgoglio come avessi spezzato la maledizione.

"Non ti credo. Dimostralo". Zia Pearl fissò nonna Vi, sospesa a più di un metro dalla sua testa.

Tyler sembrava alquanto confuso, perché non poteva vedere né sentire nonna Vi. Mi bisbigliò: "Perché Pearl parla da sola?"

"Te lo spiego dopo". Feci cenno a mamma di aprire la porta, mentre afferravo il braccio di Tyler e lo tiravo verso la casa.

Zia Pearl si piantò davanti a noi. "Non avresti dovuto correre il rischio di venire qui, Cendrine. Pensi di avere annullato la maledizione, invece hai solo peggiorato le cose. Non ci servono altri incidenti, e faremmo bene ad andarcene subito, mentre siamo ancora in tempo".

Mia madre la ignorò e infilò la chiave nella serratura. Fece segno a Tyler di aprire lui la porta.

"Basta con le chiacchiere". Tyler girò la maniglia e aprì la porta. Ci fece entrare nell'atrio buio. Io entrai per prima, seguita da mamma e da zia Pearl. Mamma accese le luci. Tyler chiuse la porta e mi seguì, mentre percorrevo il corridoio.

"Perché stiamo andando in cucina?" chiese mia madre. "È successo tutto all'esterno".

Persino Tyler sembrava improvvisamente scettico. "Cen ha una teoria".

"Come al solito" borbottò zia Pearl. "Cen pensa sempre di essere più intelligente di tutti gli altri".

"Sono abbastanza sicura di avere trovato qualcosa". Entrai in cucina e puntai alla porta chiusa della dispensa. Speravo solo che non fosse troppo tardi. "Per favore, aprila".

Tyler prese un paio di guanti in lattice dalla tasca della giacca e li indossò. Girò cautamente la maniglia. La porta si aprì su una grande stanza, coperta di scaffali lungo un lato e armadietti dall'altro. In fondo alla stanza c'era un grande freezer. Era in acciaio inox, a due porte, con un grande cassetto nella parte inferiore.

Zia Pearl osservava l'enorme dispensa. "Accipicchia Ruby, ti sei davvero scatenata! Non pensi che i ripiani in granito nella dispensa siano un po' troppo?"

Mamma fece un sospiro. "Perché, per una volta, non puoi essere gentile?"

Tyler strinse le labbra. "Ok e adesso cosa facciamo?"

Puntai un dito verso il freezer. "Aprilo, per favore".

Aprì una porta e poi l'altra. Erano vuote. Si abbassò e aprì il cassetto del freezer, estraendo una vaschetta da quattro chili di gelato. Era di un marchio a basso costo, venduto al Gas N'Go. Era l'unica cosa presente nel freezer, e sapevo che il prezzo di quel gelato era lo stesso del secondo articolo sullo scontrino del Gas N'Go.

Provai enorme sollievo, perché la mia supposizione riguardo al secondo articolo dello scontrino si era rivelata giusta.

"Cosa c'entra una vaschetta di gelato al cioccolato?" chiese mia madre. "Non avrai per caso intenzione di mangiare il loro gelato? Non se ne sono ancora andati!"

"Porta ancora un po' di pazienza, mamma". Mi voltai verso Tyler. "Portalo in cucina, mentre io prendo un cucchiaio".

Seguimmo Tyler fuori dalla dispensa, fino alla cucina.

Zia Pearl disse: "Ha già mandato a rotoli la dieta, quindi deve avere deciso di farsi un'abbuffata".

Mia madre si acciglò. "Davvero Cen, puoi mangiare tutto il gelato che vuoi a casa".

Ma zia Pearl doveva sempre avere l'ultima parola: "Vedi? Sei debole! Lo sapevo che non avevi alcuna forza di volontà".

Le ignorai, mentre vi avvicinavo al piano di lavoro della cucina.

Zia Pearl non mollava: "Cen vuole morire, Ruby. Più tempo stiamo qui, più ci mettiamo in pericolo. Dobbiamo davvero andarcene prima che avvenga qualcosa di terribile".

Cercai di mantenere una voce calma, sebbene stessi perdendo la pazienza. "Te l'ho già detto, la maledizione non c'è più".

"Di cosa stai parl...?" Tyler si fermò nel mezzo della frase, per non provocare ulteriormente zia Pearl. Posò la vaschetta di gelato sul ripiano e mi guardò.

"Non sta per succedere niente a nessuno. Guanti?" Gli mostrai il palmo della mano, e Tyler estrasse un paio di guanti in lattice dalla tasca. Li indossai, quindi cercai nei cassetti un cucchiaio per gelato e una ciotola.

Zia Pearl scosse la testa. "Sembri pazza, Cendrine. La maledizione ti ha dato alla testa".

"Ho trovato uno scontrino del Gas 'N Go per alcuni articoli acquistati ieri sera, prima della chiusura. Jason McCoy ha comprato un blocco di ghiaccio, una vaschetta di gelato al cioccolato e un altro articolo che non riesco a identificare. Hai visto un blocco di ghiaccio in quel freezer?"

"No, ma non è l'unico freezer della casa" disse mamma, puntando al frigorifero della cucina. "Il cassetto in basso è un congelatore".

Tyler si avvicinò al frigorifero e aprì il cassetto; era completamente vuoto, fatta eccezione per un contenitore di cubetti di ghiaccio. Richiuse il cassetto. "Nessun blocco di ghiaccio".

"E quindi? Magari l'hanno già usato". Zia Pearl batteva il piede con impazienza. "Possiamo andare ora?"

"Posso capire se avesse comprato dei cubetti di ghiaccio per le bibite" disse mamma. "Ma un blocco di ghiaccio nel bel mezzo dell'inverno non ha senso. È febbraio, e fuori si gela".

"Esatto". Rimisi la vaschetta del gelato sul ripiano della cucina, e rimossi cautamente il coperchio. Girai la vaschetta sul lato, così che tutti potessero vederne il contenuto.

Il gelato al cioccolato era liscio e intatto; non c'erano segni di cucchiaiate. La vaschetta era ancora piena, ma c'era qualcosa di strano. C'era uno strato di brina, come se il gelato si fosse parzialmente sciolto e poi fosse stato ricongelato.

Iniziai a rimuoverlo a cucchiaiate dalla vaschetta, versandolo nella ciotola. "Dobbiamo davvero vederci chiaro".

Zia Pearl sbatté i piedi. "Porta altrove il tuo appetito senza fondo, Cendrine! Non mangerai niente in questa casa maledetta!"

La ignorai, continuando a estrarre il gelato dalla vaschetta e a metterlo nella ciotola. Ero ormai a metà della vaschetta, con le dita dei guanti coperte di gelato al cioccolato. Accelerai il ritmo, fino a che il cucchiaio non toccò qualcosa sul fondo del contenitore.

Sotto a tutto il gelato c'era della plastica con delle scritte bianche e blu. Continuai a raschiare, rivelando lentamente le scritte. Il sacchetto di plastica che aveva contenuto il blocco di ghiaccio era stato piegato con cura e steso sul fondo della vaschetta di gelato. L'emozione della scoperta era simile all'eccitazione per la sorpresa dell'uovo di Pasqua.

Sollevai il contenitore, ormai quasi vuoto. "Una prova dell'arma del delitto, o almeno del sacchetto con cui è stata portata qui".

La bocca di mia madre assunse la forma di una 'O', mentre si faceva strada la consapevolezza di ciò che era accaduto. "Steve è stato ucciso con un blocco di ghiaccio?"

Annuii e mi rivolsi a zia Pearl: "Ricordi che la piscina aveva delle zone fredde e calde quando ci hai messo dentro la mano?"

Gli occhi di Tyler si spalancarono scioccati. "Anche la mano di Pearl è stata nella piscina?"

"Spiona!" scattò zia Pearl. "Cen ha fatto esattamente la stessa cosa quando stava cercando di trovare l'ane..."

Mi gettai in avanti e chiusi con la mano la bocca di zia Pearl.

"Abbiamo provato tutte e due ad afferrare la tua giacca, ma adesso è tutto a posto".

Tyler ci guardava sospettoso. "Cosa state combinando voi due?"

"Non importa in questo momento" risposi. "L'assassino ha colpito Steve sulla testa con un blocco di ghiaccio, poi ha fatto sciogliere l'arma del delitto, non lasciando alcuna traccia in piscina, a parte alcuni pezzetti di ghiaccio che galleggiavano in superficie, e che tutti abbiamo scambiato per brina".

Tyler estrasse il telefono dalla tasca e si avvicinò alla finestra. Spiegò la nostra teoria al medico legale e chiese se il trauma cranico di Steve potesse essere stato causato da un blocco di ghiaccio. Tyler tornò qualche minuto dopo. "Il medico legale dice che l'ipotesi dell'arma del delitto è plausibile".

Tyler si allontanò nuovamente, per continuare la conversazione con il medico legale in privato.

Mamma sorrise. "Sei fantastica, Cen. L'arma del delitto si è sciolta, non lasciando alcuna prova, né alcuna impronta digitale. C'è una cosa che non capisco: non ci vuole un'eternità per far sciogliere un blocco di ghiaccio? La temperatura esterna era gelida. Come si può far sciogliere qualcosa in inverno?"

"La piscina è riscaldata" le feci notare. "Di fatto, la temperatura dell'acqua era al massimo. Steve aveva regolato la temperatura in precedenza, affinché l'acqua fosse abbastanza calda per nuotarci. Tutto ciò che l'assassino doveva fare, era alzarla al massimo. Hai ragione, però. Ci vorrebbe un bel po' per far sciogliere un grande blocco di ghiaccio, almeno quindici o venti minuti. Quelli che abbiamo trovato in piscina erano probabilmente solo dei frammenti di ghiaccio. Mamma, ricordi quando hai visto il rubinetto della cucina aperto? Penso che il blocco di ghiaccio sia stato sciolto lì, sotto l'acqua calda. Le prove sono letteralmente andate giù dal lavandino".

CAPITOLO 25

Tyler finì la chiamata e tornò in cucina.

"L'assassino doveva essere alto quanto Steve per poterlo colpire in testa" disse mamma. "E più forte di me, perché di certo io non potrei sollevare in alto un blocco di ghiaccio. Mi hai già escluso dai sospetti, sceriffo?"

"Non posso dire nulla, Ruby" rispose Tyler. "Però hai ragione: Steve è stato ucciso da una persona forte, probabilmente un uomo".

"Jason aveva litigato con Steve poco prima della sua morte" disse mamma. "Ed era anche stato licenziato dal reality show".

"Potrebbe anche essere stato Lucky" dissi, raccontando ciò che avevo sentito Lucky e Jason discutere al Witching Post. "Stava parlando con Jason di un lavoro. Immagino che Jason volesse assumerlo per un ruolo diverso da quello di barista.

Zia Pearl scosse la testa. "Perché ce l'hai sempre con lui? Cen, Lucky stava lavorando, e lo sai bene".

"Sto solo esplorando tutte le possibilità, e la loro conversazione era sospetta, dato che Steve è morto poco dopo" dissi. "L'assassino conosceva le abitudini di Steve, e sapeva che avrebbe nuotato in piscina. Potrebbe essere qualcuno vicino a Steve, oppure qualcuno assoldato da qualcuno vicino a Steve".

"Tutti conoscono Steve e le sue abitudini attraverso il reality show" fece notare zia Pearl.

Mia madre aggrottò la fronte: "È vero, ma queste nuotate erano una novità. Aveva detto a me e a Cen di avere iniziato a gennaio, come proposito per l'anno nuovo. Avevano intenzione di parlarne in un futuro episodio, ma finora non aveva mai parlato del nuoto nel programma. Lo so perché ho visto ogni singola puntata".

L'ossessione di mia madre per *I veri McCoy* era peggio di quanto pensassi. Tuttavia, la sua affermazione confermava che l'assassino conosceva fatti noti solo a pochi.

"Ruby ha ragione. Solo le persone appartenenti alla sua cerchia più stretta sapevano che nuotava" disse Tyler.

"L'assassino ha seguito Steve fino alla piscina e l'ha colpito sulla testa con il blocco di ghiaccio, proprio mentre stava per raggiungere il bordo vasca. Quando Steve ha tentato di lottare, l'assassino l'ha colpito ripetutamente, fino a ucciderlo, poi ha spinto il corpo nella piscina" dissi.

Mamma sussultò: "L'omicidio perfetto, con un'arma del delitto che si scioglie".

Zia Pearl fece una smorfia: "È un'ipotesi troppo inverosimile. Perché non c'erano impronte? Ve lo dico io: perché è una maledizione".

"C'è una spiegazione molto semplice" dissi. "L'assassino ha versato dell'acqua calda sul cemento per cancellare le proprie tracce mentre tornava verso la villa".

Zia Pearl scosse la testa. "Le tue teorie si fanno sempre più assurde, Cendrine. Le iniziative tue e di tua madre per fare soldi facilmente ci rovineranno tutte".

Mamma alzò gli occhi al cielo, ma rimase in silenzio.

Sebbene fosse difficile ignorare zia Pearl, proseguii: "L'assassino doveva ancora liberarsi del sacchetto che aveva contenuto il ghiaccio. E chi avrebbe mai guardato in una vaschetta piena di gelato? Nessuno, nemmeno i poliziotti di Shady Creek. L'assassino ha trasferito il gelato in un altro contenitore, proprio come ho fatto io poco fa, poi l'ha messo nel microonde per farlo sciogliere. Ha messo il sacchetto vuoto del ghiaccio sul fondo della vaschetta del gelato, e poi ha versato il gelato sciolto nella vaschetta, per coprire il sacchetto. Per finire, ha rimesso il gelato nel freezer per farlo ricongelare".

"C'è un modo per scoprire chi è andato e venuto da qui?" chiese mia madre.

"Ci sono delle telecamere, ma purtroppo quella al cancello d'ingresso era spenta" disse Tyler. "E anche questo porta a pensare che il colpevole non sia un personaggio esterno. Qualcuno ha pianificato tutto questo; chiunque abbia ucciso Steve, si è premurato di spegnere quella telecamera, ma non le altre".

"E le altre telecamere?" chiese mia madre.

Tyler scosse la testa. "Non hanno ripreso alcuna attività. Purtroppo, non coprono tutte le zone, e non tutte erano perfettamente funzionanti. È abbastanza possibile che qualcuno sia andato e venuto evitando di essere ripreso. Anzi, deve essere proprio così, dato che non abbiamo trovato alcun intruso nelle riprese".

"Nessuna telecamera nell'area della piscina?" chiesi. "Ce ne sarà sicuramente una al cancello della piscina".

Tyler scosse la testa. "Purtroppo no".

Zia Pearl pestò un piede frustrata, e puntò un dito in direzione di mia madre. "Nemmeno le tue telecamere funzionano. La tua magia maldestra ci ha rovinato per sempre, Ruby".

Mia madre si fece rossa dalla rabbia: "La mia magia maldestra paga il mutuo, Pearl".

Ma zia Pearl continuava a blaterare: "Stai rovinando la nostra reputazione, stai allontanando le apprendiste streghe dalla mia scuola. Non ci riprenderemo mai".

Tyler si intromise tra mia madre e zia Pearl: "Smettetela di litigare e concentratevi. La telecamera al cancello d'ingresso sarebbe stata utile, ma ci sono altri modi per capire chi c'era e non c'era".

"Bene sceriffo, allora muoviti e diccelo". Zia Pearl incrociò le braccia e picchiettò con il piede. "Sto aspettando..."

Tyler fece un respiro profondo. "È vero che solo poche persone sarebbero forti e alte abbastanza per poter uccidere Steve, ed è anche vero che alcune persone avevano un movente e l'opportunità di uccidere Steve. Per adesso, concentriamoci solo sul movente. Chi trae vantaggio dalla morte di Steve?"

"Jason era arrabbiato perché era stato licenziato dal reality show, inoltre ha una costosa tossicodipendenza" disse mamma. "È per forza lui".

"Ma perché uccidere Steve e non anche Serena?" chiesi.

"Probabilmente dopo avrebbe ucciso anche lei" disse mamma.

"È possibile" disse Tyler. "Tuttavia, penso che avrebbe voluto fare tutto il prima possibile. Avrebbe aspettato fino a che non fossero stati qui tutti e tre da soli, e li avrebbe uccisi entrambi. Anche tu hai rischiato di essere uccisa, perché hai quasi sicuramente interrotto l'assassino. Penso che si tratti della persona a cui hai parlato. Ricordi in modo chiaro la voce? L'imitatore di Steve poteva essere Jason?"

"Non sono sicura. Ascoltavo le parole più della voce" disse mia madre.

"Non credo sia Jason" disse Tyler. "Ucciderli sarebbe come uccidere la gallina dalle uova d'oro, mentre a lui conviene di più continuare a spremerli. Per quanto pazzo, non ha nessun altro. Dipende da loro economicamente, quindi il reality *I veri McCoy* rappresenta una fonte di reddito continuativa. Senza Steve, quella fonte di reddito scompare. E questo discorso vale per qualsiasi membro della troupe".

"Quando ho ascoltato Jason e Lucky che parlavano, sono sicura che Jason volesse assumere Lucky per fare qualcosa di losco" dissi. "Inoltre, Lucky era qui subito dopo la morte di Steve. Avrebbe dovuto essere al bar del Witching Post, ma non so quando se ne sia andato".

"Lucky però l'avrebbe fatto per Jason" disse Tyler. "Quindi il risultato finale sarebbe stato lo stesso: niente più soldi per Jason".

"E sei si trattasse di un triangolo amoroso?" dissi. "Magari Serena voleva Steve fuori dai piedi".

"Ma senza Steve, il programma non si farebbe più" disse mamma.

"Potrebbe continuare con un diverso coprotagonista, però" dissi. "È uno spettacolo basato sulla conflittualità, è come un incontro di wrestling che ha per protagonisti delle celebrità. È tutto finto, ai fini dell'intrattenimento. Serve solo qualcuno disposto a stare al gioco. Qualcuno che faccia cose fuori dal normale, che sia in sintonia con

Serena ma che lasci che sia lei a comandare... qualcuno che sia attraente e interessante quanto Steve. Qualcuno come...”

“Danny Nastasio!” dissero mamma e zia Pearl all'unisono.

“Avete notato come la guarda?” esclamò mia madre. “Mi piacerebbe se un uomo mi guardasse così”.

Zia Pearl annuì. “Scommetto che non si limita a guidare la sua macchina. La loro storia sulle compere al negozio di Bunny è ridicola. Seriamente, chi sta più di un'ora nel negozio di Bunny? Si stavano solo creando un alibi”.

Rimasi a bocca aperta, scioccata dall'improvviso cambio d'opinione di zia Pearl.

Tyler si morse le labbra. “Ha senso. Un divorzio minaccia il proseguimento del reality show, dato che parla di una coppia sposata. Inoltre, Serena avrebbe dovuto spartire con Steve la metà di tutto. Da vedova, Serena eredita la metà di Steve e magari riceve anche un bel pagamento dall'assicurazione”.

Annuii. “L'alibi di Bunny non è del tutto affidabile a causa della sua memoria, ma Abby, Danny e Serena si stanno fornendo tutti un alibi a vicenda. E se invece stessero nascondendo un omicidio? Avevo un'idea, ma mi occorreva l'aiuto di Tyler per metterla in pratica.

CAPITOLO 26

Tyler chiamò la polizia di Shady Creek per chiedere che sorvegliassero Serena e il suo entourage mentre cenavano in un ristorante di lusso di Shady Creek. Tyler ordinò alla polizia di ritardare la loro partenza dal ristorante per almeno un'ora. Nel frattempo, io e Tyler eravamo seduti nel suo ufficio a guardare le riprese delle telecamere di sicurezza situate fuori dal negozio di Bunny e dal bar vicino.

Era chiaro, dalle riprese della telecamera di Bunny, che la Mercedes di Serena era rimasta parcheggiata fuori dal negozio per tutto il tempo, fornendo alle due donne un alibi di ferro. Non si capiva se ci fossero stati movimenti di persone da o verso la Mercedes, poiché la telecamera poteva riprendere solo il retro dell'auto.

Tyler aveva ottenuto le riprese delle telecamere di sicurezza dei negozi vicini. Le fece apparire sullo schermo, una telecamera per volta, senza però trovare nulla di significativo. Si vedevano Abby e Serena che entravano nel negozio, mentre la Mercedes rimaneva parcheggiata. C'erano tre negozi dotati di telecamere di sicurezza che avevano catturato i movimenti intorno al negozio di Bunny. Tutte mostravano Serena e Abby che entravano nel negozio, e la loro partenza quasi due ore dopo.

Era difficile stare a fare compere per più di dieci minuti nel negozio di Bunny. Due ore erano un'eternità in quel negozio; persino contando qualche chiacchiera con Bunny, avrebbero dovuto uscire dopo venti minuti.

C'erano altri quattro negozi con delle telecamere di sicurezza, ma nessuna era rivolta verso il negozio di Bunny. Tyler accelerò i fotogrammi, mentre li guardavamo a uno a uno; era un lavoro noioso, persino accelerandoli.

Mezz'ora dopo, Tyler cliccò sulle riprese della telecamera situata fuori dal Bar Molly. Il locale si trovava vicino a Main Street, all'angolo del negozio di Bunny. Sebbene fosse vicino al negozio, non offriva alcuna vista di quest'ultimo.

C'erano diversi veicoli parcheggiati lungo la strada, tra cui un furgone bianco proprio davanti al bar. Il furgone catturò la mia attenzione, poiché si trattava di un modello uscito quest'anno. Dato che la maggior parte dei miei concittadini guidava macchine che avevano almeno dieci anni, quel furgone bianco saltava all'occhio.

Picchiettai sullo schermo. "Puoi fermarlo e ingrandirlo? Quel furgone sembra uguale a uno dei furgoni de *I veri McCoy* parcheggiati alla locanda".

Tyler ingrandì la targa del furgone, che non era del nostro Stato. Prese nota del numero di targa, quindi si spostò su un'altra scrivania. Tornò qualche minuto dopo. "Hai ragione, Cen. La targa appartiene alla società di produzione cinematografica dei McCoy".

Tyler riavviò il filmato. Un minuto dopo, il furgone partiva e svoltava in Main Street, scomparendo dalla vista.

Guardammo il posto che aveva occupato davanti al bar rimanere vuoto con lo scorrere dei fotogrammi.

"Possiamo tornare indietro per vedere quando è stato parcheggiato il furgone?" Speravo di vedere il guidatore.

Tyler scosse la testa. "Questa telecamera ha iniziato le riprese quando il furgone era già parcheggiato. Registra a ciclo continuo, sovrascrivendo le riprese precedenti ogni 24 ore. Abbiamo ancora qualche telecamera da visionare; magari salterà fuori qualcosa".

"Significa che il guidatore era già alla guida alle dieci e mezza della mattina, quando la telecamera ha iniziato a riprendere". Mi scocciava che non fossimo stati in grado di vedere qualcuno che entrava nel furgone. C'era gente che camminava avanti e indietro sul marciapiede, ma il punto in cui era stato parcheggiato il furgone rimase vuoto per quella che sembrava un'eternità.

Improvvisamente, il furgone bianco fece ritorno, parcheggiando nello stesso punto, davanti al bar.

"È tornato!" concordò Tyler. "È stato via per quasi due ore. Ovviamente, può esserci una spiegazione logica".

"Dipende da chi è alla guida" dissi.

Poiché tutti erano stati così concentrati sulla Mercedes per convalidare gli alibi, i movimenti di altri veicoli non erano stati osservati attentamente. Fino a quel momento.

"Tyler, puoi ingrandire i finestrini?"

Tyler aumentò lo zoom. "È troppo granulare per vedere qualcosa, specialmente sul lato del passeggero. C'è qualcuno al volante, ovviamente, dato che ha appena parcheggiato il furgone. Qualsiasi membro della troupe potrebbe avere un valido motivo per essere lì, però sembra davvero una coincidenza".

"Probabilmente scenderà dal furgone" dissi. "Ma questa vista è dal lato del passeggero. C'è una telecamera con un'altra angolazione dall'altra parte della strada?"

"Eccola qui". Tyler cliccò un altro file e comparve il bar da un punto di osservazione che riprendeva il furgone dal lato del guidatore. Dopo qualche istante, un uomo alto uscì dal furgone. Indossava un berretto da baseball che gli copriva gli occhi, e un giaccone scuro. L'ombra degli edifici e la visiera del berretto rendevano difficile identificare il suo volto. Camminò velocemente verso l'angolo, e poi sparì dalla visuale.

Andava in direzione del negozio di Bunny. "Guarda come tiene le braccia sollevate mentre cammina. È una camminata molto particolare. Penso che sia Danny Nastasio".

Tyler ingrandì l'immagine. "Anche la corporatura è molto simile. Danny ha affermato di essere stato parcheggiato tutto il tempo fuori dal negozio di Bunny, quindi hai ragione, non ha più un alibi. È possibile che abbia raggiunto Villa Rocklin con il furgone, lasciandolo fuori e poi entrando senza che nessuno lo vedesse. Uccide Steve, torna al furgone e lo riporta davanti al bar, quindi cammina alla Mercedes. Continuerò a guardare le riprese di altri negozi, per vedere se c'è qualcosa d'altro. Chiederò anche alla scientifica di Shady Creek di tornare qui a prendere le impronte e il DNA dalla vaschetta del gelato e dal sacchetto del blocco di ghiaccio. Non mi aspetto che ci siano le impronte o il DNA di Danny, dato che sappiamo che li ha comprati Jason. A meno che Danny non abbia messo via la spesa o abbia estratto il gelato con il cucchiaio. Chiederò alla scientifica di raccogliere il DNA dal ristorante di Shady Creek dove stanno cenando ora. Ci vorrà un po' per l'esito del DNA, ma spero che le impronte ci diano una conferma preliminare sufficiente per procedere".

Il telefono di Tyler si mise a suonare. Lui guardò prima il telefono, e poi me. "Devo prendere questa chiamata: è il medico legale".

Annuii e mi concentrai sullo schermo. Doveva esserci per forza qualcosa di schiacciante nelle riprese. Un buon avvocato avrebbe probabilmente saputo giustificare le impronte digitali e il DNA e, in quel caso, non ci sarebbe stata più un'accusa. Persino se il medico legale avesse cambiato idea riguardo alla causa del decesso, sarebbe stato difficile arrivare in tribunale solo con delle prove circostanziali.

E Serena avrebbe fatto molte pressioni. Il reality show aveva decine di milioni di spettatori. Una tale quantità di fan poteva potenzialmente influire sulle accuse. La morte di Steve sarebbe stata spiegata nel programma televisivo, guardato da milioni di persone. Serena avrebbe deciso la versione degli eventi, e qualsiasi prova che la smentisse avrebbe dovuto essere molto convincente.

Ingrandii nuovamente il furgone, sperando di vedere qualcosa che prima mi fosse sfuggito. I raggi del sole rendevano impossibile vedere l'interno del furgone. Il guidatore aveva però a che fare con i McCoy, dato che il furgone era di loro proprietà. Il guidatore non era un abitante del luogo, ed era probabile che i locali se lo ricordassero.

Tyler arrivò di corsa, senza fiato: "Prendi il cappotto, e vieni con me".

Ciò che disse dopo, cambiò tutto.

CAPITOLO 27

"Il medico legale ha cambiato ufficialmente la causa del decesso in omicidio per trauma da corpo contundente, sulla base del blocco di ghiaccio. Ha confermato che le dimensioni e la forma corrispondono al colpo inferto alla testa di Steve".

Mentre ci precipitavamo a Shady Creek, i fiocchi di neve si trasformarono in una forte nevicata. La polizia di Shady Creek stava aspettando l'arrivo di Tyler. Al suo arrivo, a Serena, Jason, Danny e Abby sarebbe stato chiesto di recarsi in commissariato per una deposizione in merito alle nuove prove emerse. A una curva, le gomme della Jeep scivolarono sulla strada innevata.

Afferrai la maniglia della portiera mentre l'auto slittava. "Tyler, rallenta. Non possono scappare".

Tyler aggrottò le sopracciglia e si voltò verso di me: "Non esserne così certa. Qualcuno li ha avvertiti che eravamo alla villa. L'agente in borghese seduto al tavolo accanto li ha sentiti discutere sulla possibilità di non tornare stasera. Sono tutti a rischio di fuga. Serena stava parlando di noleggiare un aereo; Abby sta già facendo delle telefonate alle società locali".

Il ristorante si trovava a un chilometro dall'autostrada e a una

155

distanza simile dall'aeroporto locale. Noi ci trovavamo a trenta chilometri, su una strada rurale, e rischiavamo di non prenderli in tempo.

"La polizia di Shady Creek non può trattenerli?"

"Non possono farlo senza un valido motivo; dovrebbero arrestarli".

"Pensi davvero che qualcuno possa volare con questo tempo?" L'aeroporto di Shady Creek solitamente chiude quando c'è cattivo tempo.

"Spero di no Cen, ma per soldi qualcuno potrebbe accettare di farli fuggire in aereo. Serena ha anche parlato al suo avvocato riguardo a una causa legale per morte accidentale: vuole denunciare Ruby e anche la cittadina. Westwick Corners non ha i soldi per una causa legale. Saremmo costretti a patteggiare, e andremmo in bancarotta".

"Sta usando la causa legale come tecnica di distrazione" dissi. "È una tattica intimidatoria, per costringerci a non seguire altre piste".

"Non funzionerà" disse Tyler. "Per essere una moglie in lutto, il suo comportamento è decisamente incriminante. Perché dovrebbe persino prendere in considerazione l'idea di proteggere qualcuno che potrebbe avere ucciso suo marito?"

Annuii. "Non penso che Jason abbia ucciso Steve. E non penso nemmeno per un minuto che Serena, la sua matrigna, l'avrebbe supportato economicamente senza Steve, e credo che anche Jason lo sappia. Serena non avrebbe protetto nemmeno lui".

"Pensi che qualcuno abbia chiesto a Jason di comprare il ghiaccio?"

Annuii. "Sì. Le uniche persone che possono impartire ordini a Jason sono Serena e Steve. Uno di loro deve avergli chiesto di comprare un paio di cose al negozio".

"Ma non c'è un alibi per Jason, e tu hai visto che la sua macchina non era più nel parcheggio del Witching Post".

"È vero, ma l'avevo visto al bar solo qualche minuto prima. Non avrebbe avuto abbastanza tempo per uccidere Steve, sciogliere il gelato e nascondere il sacchetto del ghiaccio nel freezer. Per quanto possa sembrare il colpevole più ovvio, temo che sia stato incastrato".

"Pensi che Serena...?"

Annuii. "Danny Nastasio è molto più di un fedele dipendente.

Penso che abbia una storia con Serena. Hai notato come la guarda? Certo, è bellissima, ma c'è dell'altro".

"Pensi che sia innamorato di lei?" chiese Tyler.

"Non è ovvio? È sempre presente, ma a differenza di Abby, rimane sempre sullo sfondo per non richiamare l'attenzione su di sé. È l'uomo di troppo in un triangolo amoroso, e ne ha avuto abbastanza. Si tratta di un valido movente per l'omicidio".

Tyler annuì. "Un amante geloso. Tuttavia, ha meno da guadagnarci rispetto a Serena. Senza Steve, lei non deve divorziare. Probabilmente voleva mettere fine alla relazione, ma senza rimetterci economicamente. E non c'è nemmeno la battaglia per la custodia dei figli, perché non ne avevano",

"Non avevano figli, ma il loro reality show era un po' come il loro bambino, perché l'hanno creato dal nulla e l'hanno trasformato in un impero multimilionario. Magari erano in disaccordo sulla direzione che il programma doveva prendere, oppure sulla proprietà intellettuale o sul merchandising. Non sarebbe la prima volta che succede. So che Steve non voleva che Jason fosse escluso dal programma, ma è successo lo stesso. È Serena che prende tutte le decisioni.

Inoltre, Abby si è lasciata scappare che Steve non sarebbe stato più nel programma l'anno prossimo. Non posso immaginare che avrebbe lasciato di sua spontanea volontà; quel reality show era una miniera d'oro per tutti e due. Perché mai avrebbe detto che le sue nuotate avrebbero fatto parte degli episodi della prossima stagione? Non c'è dubbio che Serena sia più famosa di Steve, ma lui le serviva come spalla, per fare da contrasto al suo comportamento da psicopatica. La gente li guarda ogni settimana perché è ossessionata dalla loro relazione disfunzionale".

"Questo significherebbe che l'omicidio era premeditato" disse Tyler. "Se Serena aveva già escluso Steve dal programma perché sapeva che sarebbe stato morto la prossima stagione, è alquanto incriminante. Mi chiedo se le nuotate fossero un'idea di Steve o di Serena? Magari riusciremo a trovare un copione che lo dimostri. Tante più prove abbiamo, quanto più solida è l'accusa".

Quando arrivammo al parcheggio del ristorante, provai sollievo nel vedere la Mercedes bianca ancora parcheggiata fuori, così come un'auto civetta della polizia, con due poliziotti in borghese seduti dentro.

CAPITOLO 28

Il brusio delle conversazioni dell'affollato ristorante si trasformò improvvisamente in un silenzio. La gente si voltava verso le voci che urlavano, e qualcuno riconobbe la star. Individuai altri due poliziotti in borghese; un uomo e una donna sulla trentina, seduti al tavolo opposto, pronti a entrare in azione in qualsiasi momento.

"Siete tutti pazzi!" urlò Serena. "I produttori hanno eliminato Steve dal reality perché ultimamente si comportava in modo troppo imprevedibile. Stava diventando sempre più difficile girare un episodio senza che Steve uscisse dai gangheri. Abby, diglielo".

Abby si morse il labbro, evidentemente a disagio. "So che il copione è stato modificato la scorsa settimana. Steve sarebbe stato sostituito da un nuovo co-protagonista".

Aggrottai la fronte. "Un nuovo co-protagonista? È un programma sul matrimonio. Perché mai volevate che organizzassimo il rinnovo delle promesse matrimoniali?"

Abby scrollo le spalle. "È confidenziale. Non posso dire altro".

Serena alzò gli occhi al cielo. "*I veri McCoy* parla dell'amore e dei suoi alti e bassi, e volevamo ritirarci mentre eravamo sulla cresta dell'onda. Faceva tutto parte di un ridimensionamento, e prevedeva la scrittura degli ultimi capitoli della nostra relazione sullo schermo. Non aveva nulla a che fare con il nostro rapporto nella vita reale. Solo perché è un reality show, non significa che debba essere totalmente fedele alla realtà. Siamo troppo noiosi nella vita reale; ci hai visto, Cen. Ci guarderesti per intrattenimento se fossimo davvero noi stessi?"

Ripensai all'incontro con Serena, Steve e mia madre. Erano sembrati la coppia perfetta, ma gli attori sono bravi a fingere. "No, certo che no".

"Sono contenta che abbiamo chiarito tutto. Siete venuti fino a qui sotto una tempesta di neve per niente". Serena si rivolse ad Abby: "Prenotaci delle camere qui per questa notte".

L'agente in borghese che era stato seduto accanto a noi si alzò e si diresse alla porta. Proprio in quel momento arrivò una giovane cameriera con il conto e la richiesta di un autografo.

Danny si alzò e si avvicinò a Serena, mentre lei frugava nella borsa. Danny incrociò le braccia e ci guardò, senza alcuna espressione sul volto.

Ero sicura più che mai che fosse lui il guidatore del furgone. La sua altezza e il suo fisico da culturista erano inconfondibili. Era più alto di Tyler di una decina di centimetri, ed erano le sue braccia muscolose a conferirgli la peculiare andatura con le braccia sollevate.

Serena lasciò cadere la carta di credito sul tavolo e firmò un tovagliolo per la cameriera.

"Dov'è Steve?" chiese la cameriera. "Mi piacerebbe avere anche il suo autografo".

Dopo qualche secondo di silenzio, Serena rispose: "Non sta bene, mi dispiace. Qualunque cosa tu abbia sentito qui, devi promettermi di non dire nulla".

Posò tre banconote da cento dollari sul tavolo, quindi si alzò. "Tienili come mancia. Abby, hai prenotato un albergo?"

"Non è necessario" disse Tyler. "State venendo tutti con me".

* * *

DIECI MINUTI DOPO, Serena, Abby e Danny erano seduti in stanze degli interrogatori separate al commissariato di Shady Creek. Serena fu la prima a cedere. Disse che Danny, ubriaco, aveva ucciso Steve in un attacco di collera e che aveva minacciato anche lei. Quando capì che la sua versione non reggeva, tentò di contrattare con Tyler, offrendosi di rinunciare a fare causa se Tyler avesse abbandonato l'indagine. Tyler si rifiutò.

Io ero seduta in un'altra stanza e seguivo su uno schermo l'interrogatorio di Danny. Tyler e l'ispettore di Shady Creek avvicinarono le sedie a Danny. Tyler parlava per tutti e due. Messo alle strette dall'interrogatorio pressante, Danny conservò poche tracce della personalità che aveva esibito fino a quel momento. Il corpulento autista si rannicchiò nella sedia di plastica e incrociò le braccia, fissando il pavimento. Era stato sconfitto, e lo sapeva.

Tyler avvicinò ancora di più la sua sedia. "Danny, abbiamo le riprese dei tuoi spostamenti. Abbiamo le prove che hai ucciso Steve, quindi ti conviene collaborare".

"Non ero nemmeno nei paraggi della villa. Ve l'ho detto, stavo aspettando fuori dal negozio di vestiti". Guardò intorno alla stanza alla ricerca di una via di fuga, ma non ce n'erano.

"Serena ci ha detto tutto" disse il detective di Shady Creek. "Hai pianificato tutto, e passerai il resto della vita in prigione".

Danny scosse la testa. "Stavo aspettando in macchina per tutto il tempo in cui facevano compere. Posso dimostrarlo".

Il detective di Shady Creek si alzò e si diresse verso la porta, afferrando la maniglia. "Non abbiamo prove che dimostrano il contrario. Vuoi raccontarci la tua versione dei fatti?"

"Non c'è nessuna versione, è questa la verità" disse Danny. "Ve l'ho detto: non ero lì".

Sotto alla corazza di Danny, c'era un ingenuo uomo innamorato. "Deve esserci un fraintendimento; lasciatemi parlare con Serena".

"No Danny, e persino se accettassimo, sarebbe una cattiva idea". Il detective di Shady Creek si appoggiò alla parete. "Lo sconsiglio fortemente, soprattutto perché ti sta accusando di omicidio".

Danny imprecò sottovoce. Tenne la testa abbassata per un minuto intero, quindi la sollevò e fissò Tyler negli occhi. "Io non... lui la trattava male, e quando lei ha chiesto il divorzio, lui ha minacciato di ucciderla".

Il detective di Shady Creek sogghignò: "Sembra una puntata de *I veri McCoy*. Devo ammettere che è una brava attrice. E tu ci sei cascato, vero?"

La voce di Danny si spezzò: È vero... ho visto i lividi. Serena temeva per la sua vita, mi ha implorato di aiutarla".

"Ti ha chiesto di ucciderlo?" chiese Tyler.

"Lei... non ha usato quelle parole esatte, ma ho capito cosa intendesse" rispose Danny. "Dovevo aiutarla. Se non l'avessi fatto, non avremmo mai potuto essere insieme".

"Eri innamorato di lei". Tyler spinse lungo il tavolo, verso Danny, una scatola di fazzoletti. "Da quanto tempo siete amanti?"

Danny sospirò: "Da più di un anno. Lei era pronta a lasciarlo, ma lui ha scoperto la nostra storia. L'ha picchiata, e ha minacciato me. Diceva che ci avrebbe uccisi entrambi".

"Ti ha affrontato?" chiese Tyler.

Danny scosse la testa. "Non direttamente. Ma Serena mi ha detto che aveva scoperto di noi, e continuava a dire che l'avrebbe lasciato, ma il reality show..."

"Le hai creduto sulla parola? Ti stava prendendo in giro, Danny" disse il detective di Shady Creek. "Ti ha manipolato per farti commettere un crimine al posto suo, ti ha fatto uccidere un uomo innocente".

"No, no! Non è così. Lei era in pericolo... ci amiamo". Danny prese un fazzoletto dalla scatola e si asciugò gli occhi. "Lei non lo voleva morto, voleva solo lasciarlo, ma lui glielo impediva. Io volevo parlargli da solo, volevo discutere di tutta la situazione. Andai da solo, perché Serena non voleva coinvolgermi. Ecco perché sono andato di nascosto mentre Serena e Abby stavano facendo shopping. Volevo solo spaventarlo".

Il detective di Shady Creek disse: "Che romantico. Tu la stai proteggendo, mentre lei ti sta pugnalando alle spalle. Danny, Serena sta incolpando te di tutto. Tu passerai il resto della tua vita in prigione, mentre lei si troverà un altro".

"No" disse Danny, sebbene per la prima volta non sembrasse più così sicuro di sé. A giudicare dal linguaggio del corpo, era davvero innamorato di Serena ed era convinto che per lei fosse lo stesso.

"L'hai ucciso, Danny" disse Tyler gentilmente. "Con il blocco di ghiaccio che avevi comprato. Hai premeditato tutto: è omicidio di primo grado".

"Non ho comprato il ghiaccio, era già lì. Serena mi ha detto di infilarmi di nascosto nella porta d'ingresso che era aperta e di prendere un blocco di ghiaccio dal freezer. Volevo solo spaventare Steve, malmenarlo un pochino". Danny fece una pausa. "L'ho a malapena toccato, e d'improvviso era a terra, privo di sensi. Mi ha preso il panico, e l'ho spinto nella piscina".

Era stata Serena a pianificare l'omicidio di Steve; Danny era altrettanto colpevole, ma stava cercando di salvarsi da un'accusa di omicidio di primo grado. E Jason, che aveva acquistato il ghiaccio, era probabilmente un ignaro complice. Serena aveva chiesto a Jason di acquistare gli articoli dal negozio, sapendo benissimo che sarebbero stati usati per colpire suo padre. Jason era anche un utile capro espiatorio da accusare, ma Serena non aveva tenuto conto delle altre prove che puntavano a Danny.

Serena ce l'aveva quasi fatta a farla franca con l'omicidio perfetto, commesso dal suo amante e con le prove che puntavano al suo figliastro. Anche la sua brevissima finestra temporale, quasi impossibile, avrebbe funzionato. Se mia madre non avesse trovato Steve nella piscina, Serena avrebbe potuto ritardare la scoperta del corpo e la morte sarebbe stata sicuramente attribuita a un incidente.

"Non ti ama, Danny. Non ti ha mai amato. Serena nega che siate mai stati amanti e sostiene che tu abbia agito da solo". Tyler si strofinò il mento.

"State mentendo!" Gli occhi di Danny erano pieni di rabbia. "L'avrebbe lasciato per me".

Il detective di Shady Creek scosse la testa. "Non a detta di Serena.

Voleva licenziarti. Dice che eri geloso, che ti eri preso una cotta per lei e che si sentiva a disagio. Ha già assoldato degli avvocati, e ti hanno nel mirino".

"È impossibile che lei abbia detto una cosa del genere" disse Danny, con un tono disperato.

CAPITOLO 29

Quando fummo pronti per tornare a Westwick Corners, aveva smesso di nevicare, le strade erano state spazzate e il sole era sorto: era iniziato il giorno di San Valentino.

Soppressi uno sbadiglio, mentre Tyler guidava lungo il viale tortuoso che conduceva alla locanda. Per fortuna, la troupe dei McCoy se n'era andata dopo una colazione frettolosa; non dormivo da ventiquattr'ore, e non ero dell'umore giusto per intrattenere degli ospiti.

Il mio stomaco, ora magro e snello, aveva voglia di uova, pane tostato e caffè.

Una volta arrivati, puntammo direttamente alla cucina, dove riempimmo i nostri piatti di cibo.

Mi versai una grande tazza di caffè e mi diressi verso la sala da pranzo. Il mio piatto era carico di uova strapazzate, pane imburrato e una brioche ai mirtilli. Avevo abbandonato la dieta. Nel breve periodo di tempo trascorso dalla scomparsa della maledizione, il mio corpo aveva ritrovato la sua forma precedente. Sospettavo che, a parte la maledizione, uno degli incantesimi di zia Pearl fosse stato responsabile dell'espansione del mio girovita, ma non sarei stata mai in grado di dimostrarlo.

Tyler era già seduto a un'estremità del tavolo da pranzo, con un'espressione divertita sul volto, mentre ascoltava mia madre e zia Pearl che bisticciavano.

"Ruby, ammetti di avere sbagliato e vendi Villa Rocklin".

"Non ci penso proprio! Non ce n'è alcun bisogno, perché Cendrine ha tolto la maledizione".

Tyler si accigliò. "Cos'è questa maledizione di cui continuate a parlare?"

Zia Pearl si portò un dito alle labbra: "Zitto! Anche solo nominarla porta sfortuna".

Mia madre scoppiò a ridere. "La puoi nominare quanto vuoi, perché non esiste. Comunque, una bella storia su una maledizione è proprio quello che ci vuole per attirare i turisti. Sono contenta che Cen abbia fatto la sua magia, ma non ho mai creduto nella maledizione dei Rocklin. È solo una leggenda".

Iniziai a vagare con il pensiero mentre sorseggiavo il mio caffè. Tutto era tornato a posto. Era San Valentino, e stasera io e Tyler avevamo in programma una cena elegante, e lui avrebbe... oh no! Come poteva chiedermi di sposarlo senza l'anello?

Tyler si alzò e si avvicinò alla finestra. "Cen, possiamo rimandare la cena? Le strade sono ghiacciate, e non me la sento di guidare ancora a Shady Creek. Preferirei rimanere qui".

Era davvero per la neve, oppure era una scusa per l'anello smarrito?

"Va bene". Ero sollevata e delusa allo stesso tempo, ma almeno avrei avuto la possibilità di affrontare zia Pearl e chiederle dell'anello.

"Andremo un'altra volta. Stasera ti cucinerò io una cena speciale per San Valentino".

"Questa è nuova!" disse zia Pearl con tono sarcastico.

"E se invece cucinassi io per tutti?" disse Tyler sorridendo.

Ed è proprio quello che fece.

CAPITOLO 30

Senza la maledizione, riuscii a indossare il mio bellissimo vestito. Era ancora più bello di quanto ricordassi, e allacciai la cerniera senza problemi. Ero in piedi davanti allo specchio della mia camera, felice e sollevata; a dire il vero, il vestito era persino un po' abbondante.

Mi guardai un'ultima volta e poi scesi nella sala da pranzo, dove il tavolo era stato apparecchiato con il servizio più bello di mia madre. C'era un'insalata, del pane all'aglio appena sfornato e molti piatti di verdure calde.

Tyler emerse dalla cucina con una teglia di fettuccine al pollo. La appoggiò sul tavolo e mi raggiunse ai piedi delle scale. Mi abbracciò e mi baciò. "Cen, sei bellissima".

Guardai negli occhi il mio splendido ragazzo, con il suo sorriso irresistibile, pensando a quanto fossi fortunata.

Mia madre entrò nella stanza con una grande casseruola, seguita da zia Pearl, a mani vuote.

Mamma sorrise a Tyler mentre posava la casseruola sul tavolo: "Non hai mai detto che sapevi cucinare".

"Non sono uno chef come te, Ruby. Il tuo talento è davvero magico".

"Spiritoso!" Zia Pearl afferrò una fetta di pane all'aglio e diede un morso.

"Sembri apprezzare la mia cucina" disse Tyler.

Ero senza parole. "Dove hai trovato il tempo per fare tutto questo? Quando hai fatto la spesa?"

Tyler sorrise. "Pianifico sempre per tempo".

Qualcuno bussò alla porta, mia madre andò ad aprire e tornò poco dopo con Earl, il moroso di zia Pearl. Earl si sedette accanto a zia Pearl, davanti a me e a Tyler. Mamma si sedette a capotavola, mentre nonna Vi fluttuava sulla sedia vuota all'altra estremità del tavolo, canticchiando una canzone.

Chi l'avrebbe mai detto? Una cena in famiglia al posto di una cena romantica. O magari sarebbe stato un po' di tutte e due le cose. Amore romantico, amore di famiglia, è tutto bello. Tyler faceva ormai parte della famiglia, ed era giunto il momento di raccontargli della nonna-fantasma, ma non era questa l'occasione giusta.

Stava per succedere qualcosa.

Earl si alzò e andò in soggiorno. Qualche secondo più tardi, tornò con una chitarra. Se la mise in spalla e si avvicinò al tavolo. Si fermò accanto a zia Pearl, e iniziò a suonare.

"Earl? Cosa sta succedendo?" Zia Pearl si fece rossa in volto, con gli occhi spalancati.

Earl sorrise, strimpellando con destrezza mentre cantava:

NELL'ARIA C'È L'AMORE
Nell'aria c'è l'amore

DAVVERO NON SAPEVO
Quanto a te tenevo
Ma ora so anche che

TU TIENI TANTO A ME

. . .

NELL'ARIA C'È l'amore
  Nell'aria c'è l'amore

TI VOGLIO DOMANDARE
  Se mi vorrai aspettare?
  Tu sei nel mio respiro
  E il tuo cuore sarà mio

NELL'ARIA C'È l'amore
  Nell'aria c'è l'amore

MOSTRIAMO a tutti
  La nostra storia
  Perché l'amore
  È pura gloria

NELL'ARIA C'È l'amore
  Nell'aria c'è l'amore

LE PROMESSE MANTERRÒ
  Il tuo cuore scioglierò
  Voglio esser il tuo uomo
  Il mio amore io ti dono

ZIA PEARL ARROSSÌ "EARL, SMETTILA".

"È bellissima, Earl". Mia madre aveva le mani giunte e gli occhi lucidi. "L'hai scritta tu?"

Earl guardò zia Pearl prima di rispondere: "È un testo per il quale ho composto la musica".

Battei le mani. "Non sapevo che scrivessi canzoni, Earl. È davvero bella. Sei un autore e un musicista di talento".

"A dire il vero... non ho scritto io le parole. Le ha scritte Pearl. Io le ho solo messe in musica".

"Pearl ha scritto una canzone d'amore?" chiese mia madre con gli occhi spalancati. "Non ci posso credere!"

Zia Pearl disse: "Ruby, non è una canzone d'amore. Ho solo messo qualche parola in rima. Non vedo perché agitarsi tanto".

Mia madre scoppiò a ridere. "Pearl, invece è una cosa enorme! È così... romantico".

"Perché lo trovi così divertente? È solo una stupida canzone". Zia Pearl balzò dalla sedia. "Earl, avevi promesso di non dirlo a nessuno".

"Diciamo che ora il segreto è uscito allo scoperto". Earl posò dolcemente una mano sul braccio di zia Pearl. "Non essere arrabbiata, Pearl".

Pearl aprì la bocca, ma non disse niente. Sembrava stordita. "Vado a prendere il dolce" disse.

Scoppiai a ridere. "Ma non abbiamo nemmeno iniziato a mangiare!"

Zia Pearl mi incenerì con lo sguardo, prima di scappare in cucina.

Zia Pearl era imbarazzata per la proposta di Earl, oppure per la nostra presenza?

"Seriamente, voi due pensavate che nessuno sapesse nulla?" Tyler scoppiò a ridere. "Ce lo aspettavamo tutti!"

Earl alzò le spalle. "È stata Pearl a volerlo tenere segreto; ha detto che avrebbe rovinato la sua reputazione. Ma io credo che fingere ti impedisce di essere completamente felice".

Earl era l'unica persona al mondo che potesse sfidare zia Pearl e farla franca.

Fece l'occhiolino. "Pearl può scappare quanto vuole, ma la situazione non cambia. Dovevo chiederle di sposarmi davanti a tutti, per impedirle di far finta che non fosse mai avvenuto. Con un po' di fortuna e un'opera di convincimento, penso che presto la penserà come me".

La porta della cucina si spalancò, ed emerse zia Pearl con la torta al cioccolato di mamma. La posò al centro del tavolo e si sedette, evitando il contatto visivo con tutti, incluso Earl.

Earl si voltò verso di lei: "Pearl, vuoi..."

Zia Pearl si portò la mano alla bocca: "Earl, non qui!"

Lui la ignorò e si mise a cantare: *"Pearl mi vuoi sposare..."*

Lei sventolò una mano in segno di protesta, ma sulla sua bocca si stava formando un sorriso. "Fermati, prima di renderti ridicolo. Forza, prendete tutti una fetta di torta!"

Earl strimpellò le corde della chitarra; il ritmo della canzone era ora più vivace:

"Pearl, oh Pearl
   Sei la ragazza per me
   Fammi un favor
   Passa la tua vita con me
   Mi vuoi, Pearl?
   Dimmi che..."

Il volto di zia Pearl era ormai rosso tanto quanto la sua tuta di velluto. "Dirti cosa?"

Earl le strizzò l'occhio. "Lo sai cosa ti sto chiedendo, Pearl". Earl riprese a suonare la chitarra, alzando la voce:

"Mostriamo a tutti
   Senza timore
   Che nell'aria c'è l'amore".

Earl si interruppe, in attesa di una risposta.

La stanza era in assoluto silenzio.

"Earl, per favore, la puoi smettere?"

Earl riprese a suonare, indefesso:

"DIMMI di sì
Non lasciarmi nel dubbio,
Ora che nell'aria..."

"OK, ok va bene. Siccome non vuoi accettare un rifiuto, facciamo come dici tu. Va bene, ci sto! Ora per favore, smettila." Zia Pearl fece segno a Earl di lasciarla in pace e di mettere via la chitarra.

Mamma si portò la mano alla bocca. "È quello che penso?"

Earl sorrise. "Ruby, qualunque cosa tu stia pensando, hai probabilmente ragione".

"Earl, per favore!" Zia Pearl guardò intorno alla tavola, chiaramente mortificata dalla proposta di matrimonio avvenuta davanti a tutti noi. Scrutò i nostri volti per valutare le nostre reazioni, poi abbassò lo sguardo sul piatto.

Earl sembrava affranto. Si mordeva le labbra; era chiaro che non si aspettava quella reazione da parte di Pearl.

Tutti sapevano che la canzone di Earl era una proposta di matrimonio. Lo sapeva anche zia Pearl. Davvero non si rendeva conto di avere ferito i sentimenti di Earl?

Dopo qualche istante disse:" Va bene, Earl. Ora però metti via quella dannata chitarra e mangia".

Earl fece un enorme sorriso, si alzò e si tolse la chitarra. La appoggiò al muro, quindi tornò a sedersi a tavola. "Pearl, lo sai che farei qualunque cosa per te".

"Che tesoro! Pearl, non fartelo scappare!" disse mia madre.

Nonna Vi batté le mani. "Bravo!"

Zia Pearl alzò gli occhi al cielo. "Insomma, è solo una canzone! Calmatevi tutti. Volevo che fosse un segreto, ma ora è impossibile. Io ed Earl abbiamo deciso di provare a scrivere canzoni. Io ho scritto il testo e lui la musica. Ci siamo iscritti a un concorso, e penso che vinceremo".

Tyler sogghignò: "Davvero? Dove posso trovare qualche informazione su questo concorso?"

Zia Pearl gli fece un sorrisetto. "Non puoi. Dubito che saresti capace di scrivere una canzone, e comunque ormai è troppo tardi: le iscrizioni si sono chiuse una settimana fa".

Forse avevano davvero scritto una canzone, e forse c'era davvero un concorso, ma lo dubitavo. Non potevo immaginarmi zia Pearl che scriveva una canzone romantica, e meno ancora che la rendesse pubblica partecipando a una gara canora.

Earl le aveva appena chiesto di sposarla, e zia Pearl aveva accettato a modo suo. Una cosa era certa; Pearl non avrebbe reagito bene se Earl si fosse inginocchiato davanti a lei per chiederglielo. Earl era riuscito ad annunciare il loro amore al mondo, o almeno alla nostra famiglia, con furbizia. Zia Pearl non l'avrebbe mai fatto; non avrebbe mai ammesso di essere innamorata di Earl o di volerlo sposare. A modo suo, lui la capiva come nessun altro. La sua proposta ben studiata consentiva a zia Pearl di salvare la faccia e di mantenere la sua immagine scontrosa, ma il vero vincitore era Earl.

* * *

MEZZ'ORA DOPO ERAVAMO SEDUTI INTORNO alla tavola, sazi dopo una cena deliziosa. Io e mamma facevamo piani per lo stravagante matrimonio di Earl e zia Pearl. Earl suonò qualche altra canzone alla chitarra, mentre Tyler tagliava e serviva fette della torta al cioccolato di mia madre.

I dolci di mia madre riuscivano sempre a sorprendermi. Ogni creazione sembrava infusa di magia, sebbene sapessi che faceva tutto a mano, senza ricorrere ad alcun tipo di stregoneria. Ciò richiedeva molta forza di volontà, perché le streghe possono creare praticamente tutto. Tuttavia la cucina, come la vita in generale, non prevedeva molte scorciatoie: si ottiene esattamente ciò che si è messo dentro, né più né meno.

Mentre assaporavo la torta, il mio dente morse qualcosa di duro. Mi portai il tovagliolo alla bocca e sputai il corpo estraneo.

Quando aprii il tovagliolo, vidi un anello ricoperto di torta al cioccolato.

Un bellissimo anello di fidanzamento, con un solitario.

Era identico all'anello che zia Pearl aveva trovato nella tasca di Tyler, fatta eccezione per un dettaglio: questo anello aveva un solitario rosa, non bianco. Ma Earl aveva appena chiesto a zia Pearl di sposarlo con la canzone... quest'anello non poteva essere per me. "Oh, no! Zia Pearl, penso di avere..."

"Meno male! Pensavo che te lo saresti mangiato!" esclamò mia madre.

La bellissima pietra rosa brillava con il riflesso della luce. Tyler aveva davvero comprato un anello, ma era diverso da quello con cui zia Pearl mi aveva tormentato. Il suo era una copia, con una grande differenza: non aveva il diamante rosa. Zia Pearl aveva trascurato un dettaglio importante quando aveva fatto il suo incantesimo malizioso. Ma non importava più.

Tyler spinse indietro la sua sedia e si inginocchiò davanti a me: "Cendrine West, mi vuoi sposare?"

ALTRI ROMANZI DI COLLEEN CROSS

Trovate gli ultimi romanzi di Colleen su www.colleencross.com

Newsletter: http://eepurl.com/c0jCIr

I misteri delle streghe di Westwick

Caccia alle Streghe

Il colpo delle streghi

La notte delle streghe

I doni delle streghe

Brindisi con le streghe

San Valentino stregato

I Thriller di Katerina Carter

Strategia d'Uscita

Teoria dei Giochi

Il Lusso della Morte

Acque torbide

Con le Mani nel Sacco – un racconto

Blue Moon

Per le ultime pubblicazioni di Colleen Cross: www.colleencross.com

Newsletter:

http://eepurl.com/c0jCIr